Millonario encubierto
MICHELLE CELMER

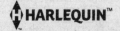

Editado por HARLEQUIN IBÉRICA, S.A.
Núñez de Balboa, 56
28001 Madrid

I.S.B.N.: 978-84-9010-900-7
Depósito legal: M-8224-2012
Editor responsable: Luis Pugni
Fotomecánica: M.T. Color & Diseño, S.L. Las Rozas (Madrid)
Impresión en Black print CPI (Barcelona)
Fecha impresion para Argentina: 19.11.12
Distribuidor exclusivo para España: LOGISTA
Distribuidor para México: CODIPLYRSA
Distribuidores para Argentina: interior, BERTRAN, S.A.C. Vélez
Sársfield, 1950. Cap. Fed./ Buenos Aires y Gran Buenos Aires,
VACCARO SÁNCHEZ y Cía, S.A.
Distribuidor para Chile: DISTRIBUIDORA ALFA, S.A.

Capítulo Uno

Aquel hombre tenía los ojos más azules que Paige Adams había visto en toda su vida.

Por no hablar de sus fuertes bíceps, sus anchos hombros y ese aire de tipo duro que tenían los estadounidenses que hacía derretirse a cualquier mujer. Ella incluida. Y aunque normalmente no le gustasen los hombres sin afeitar, a aquel le quedaba muy bien la perilla. De hecho, había tenido la sensación de que la temperatura de su despacho había subido diez grados cuando su secretaria, Cheryl, lo había hecho entrar.

—Paige, este es Brandon Dilson —anunció Cheryl—. Viene de parte de Ana Rodríguez.

Paige cerró el ordenador portátil, se alisó la parte delantera de la chaqueta y echó un vistazo a su reflejo en el portalápices de cromo que tenía encima del escritorio para confirmar que no se le había deshecho el moño. Estaba orgullosa de su aspecto. Como asesora de imagen siempre tenía que estar perfecta.

Se levantó del sillón, esbozó una sonrisa profesional y cálida al mismo tiempo y alargó la mano.

—Encantada de conocerlo, señor Dilson.

Este le envolvió la mano con firmeza y cuando sus ojos azules se posaron en los de ella y sus sensuales labios le sonrieron, haciendo que le saliesen unos hoyuelos en las mejillas, Paige estuvo a punto de olvidarse de su propio nombre. ¿Cómo podían gustarle tanto los hoyuelos?

Dilson tenía además el pelo rubio y ondulado, un poco enmarañado y lo suficientemente largo como para llegarle al cuello de la camisa. Era el tipo de pelo en el que una mujer soñaba con enterrar los dedos. Vestía pantalones vaqueros desgastados, una camisa azul cobalto y botas de cowboy. Y era irresistible.

–El placer es mío, señora.

Cuando Ana, la directora de la fundación para la alfabetización La Esperanza de Hanna la había llamado para decirle que iba a mandarle a su mejor alumno para que lo asesorase, lo último que había esperado Paige era que le mandase a semejante hombre.

Detrás de él, Cheryl se mordió el labio y se abanicó discretamente el rostro, y Paige supo lo que estaba pensando: «¿Quién es este tipo y dónde puedo encontrar otro igual?».

–¿Quiere tomar algo, señor Dilson? –le preguntó la secretaria–. ¿Café, té, agua mineral?

Él se giró y le sonrió.

–No, gracias, señora.

También era educado. Qué bien.

Paige le hizo un gesto para que se sentase en el sillón que había delante de su escritorio.

–Por favor, siéntese.

Y él se sentó y cruzó las piernas. Parecía muy cómodo. Si le avergonzaba no tener estudios, no permitía que se le notase. Parecía muy seguro de sí mismo.

–Es el escritorio más ordenado que he visto en toda mi vida –comentó, apoyando los codos en los brazos del sillón y entrelazando los dedos.

–Me gusta que todo esté ordenado –le respondió ella.

Con ese tema rayaba en la obsesión. Y estaba casi segura de que, si algún día iba al psicólogo, este le diría que eso se debía a la caótica adolescencia que había tenido. Pero eso formaba parte del pasado.

–Ya lo veo –comentó él.

Tenía una manera de mirarla que hizo que Paige se encogiese en su sillón.

–Tengo entendido que va a recibir un premio en la gala que organiza la fundación este mismo mes. Enhorabuena.

–Teniendo en cuenta que los niños de primaria ya saben lo que he aprendido yo, no creo que me lo merezca, pero han insistido.

Era guapo, educado y humilde. Tres cualidades estupendas. No había nada que Paige detestase más que un hombre arrogante. Y había conocido a muchos.

–¿Le ha explicado Ana qué hago yo para la fundación?

–No exactamente.

–Me encargo de la organización de eventos y soy asesora de imagen.

Él arqueó una ceja.

–¿Asesora de imagen?

–Ayudo a que las personas se sientan bien con su imagen.

–Bueno, pues no se ofenda, pero yo estoy muy contento como estoy.

Y tenía motivos, pero Paige sabía por experiencia que todo se podía mejorar.

–¿Ha sido alguna vez el centro de la atención pública, señor Dilson? ¿Ha dado algún discurso en un escenario?

–No, señora –respondió él, sacudiendo la cabeza.

–Entonces, mi trabajo será darle una idea de lo que ocurrirá cuando vayan a darle el premio y prepararlo para el ambiente formal de la gala, que, además, estoy organizando yo misma.

–En otras palabras, que va a ocuparse de que no haga el ridículo en la gala ni ponga en ridículo a la fundación.

Paige no pensaba que aquello fuese a ser un problema. Teniendo en cuenta lo guapo que era, tendría muy buena presencia sobre el escenario. Ya entendía por qué Ana lo había elegido como alumno modelo.

–Voy a ocuparme de que se sienta cómodo.

–La verdad es que no se me dan bien las multitudes, prefiero el cara a cara. No sé si sabe lo que quiero decir –comentó él, guiñándole un ojo.

Si estaba intentando ponerla nerviosa, lo estaba consiguiendo.

Tomó un cuaderno y un bolígrafo del primer cajón del escritorio y le pidió:

–¿Por qué no me habla un poco de usted?

Él se encogió de hombros.

–No hay mucho que contar. Nací en California y crecí por todo el país. Llevo catorce años trabajando en un rancho.

Paige tuvo la sensación de que tenía mucho más que contar. Como, por ejemplo, cómo había conseguido llegar adonde estaba sin saber leer. Aunque no sabía cómo hacerle la pregunta. La fundación era uno de sus mejores clientes y no quería ofender a su mejor alumno.

Así que escogió sus siguientes palabras con cautela.

–¿Cómo llegó a la fundación, señor Dilson?

–Llámeme Brandon –le dijo él, sonriéndole de oreja a oreja–. Y creo que lo que quiere saber en realidad es cómo es posible que un hombre llegue a la treintena sin saber leer.

Evidentemente, le faltarían estudios, pero no inteligencia.

Paige tuvo que asentir.

–¿Cómo es posible?

–Mi madre murió cuando yo era pequeño y mi padre trabajaba en rodeos, así que viajábamos mucho cuando yo era niño. Cuando conseguía apuntarme a un colegio, no nos quedábamos en la ciudad el tiempo suficiente para que me diese tiempo a aprender nada. Así que supongo que podría decirse que me fui quedando al margen del sistema.

A Paige le dio pena pensar en lo lejos que podría haber llegado si hubiese recibido la educación adecuada.

–¿Y qué te motivó a pedir ayuda?

–Mi jefe me dijo que me haría capataz del rancho si aprendía a leer, así que aquí estoy.

–¿Estás casado?

–No.

–¿Tienes hijos?

–No que yo sepa.

Paige lo miró y él volvió a sonreír. Ella se preguntó si sería consciente de lo guapo que era.

–Era una broma –le dijo él.

–Entonces, ¿es un no?

–No tengo hijos.

–¿Y pareja?

Brandon arqueó una ceja.

–¿Por qué me lo pregunta? ¿Le interesa el puesto?

Paige quería tener pareja, pero hacía mucho tiempo, cuando gracias al último novio vago que había tenido su madre habían perdido la caravana en la que vivían y habían tenido que irse a una casa de acogida, que se había prometido a sí misma que solo saldría con hombres educados y económicamente bien situados, que no le robasen el dinero del alquiler para ir a gastárselo en drogas o whisky barato, o en el juego.

Aunque no tenía ningún motivo para pensar que Brandon se pareciese en nada a los novios de su madre. De hecho, estaba segura de que era un buen hombre. Y muy guapo. Pero no era el tipo de hombre con el que saldría. Independientemente de su situación económica, era demasiado… algo. Demasiado sexy y encantador. Y ella no quería que la sedujesen. Solo quería encontrar a un hombre responsable, en quien pudiese confiar. Un hombre centrado en su carrera como ella en la suya. Alguien a su altura. Que pudiese cuidarla si fuese necesario. Aunque, hasta entonces, no le hubiese hecho falta. Siempre se había cuidado sola, pero siempre estaba bien tener un plan alternativo.

–Solo quería saber si ibas a necesitar otra invitación para la gala –le dijo.

–No señora, no me hace falta.

Respondió él, sin contestarle a la pregunta de si tenía pareja. Aunque tal vez fuese mejor para Paige no saberlo.

–Imagino que no tendrá esmoquin –le dijo.

Brandon se echó a reír.

–No, señora.

Paige estaba empezando a cansarse de que la llamase señora. Dejó el bolígrafo.

–Puedes llamarme Paige.

–De acuerdo… Paige.

Algo en su manera de decir su nombre hizo

que se sonrojase. De hecho, se había puesto a sudar. Tal vez se hubiese estropeado el termostato del despacho.

O su termostato interior.

Contuvo las ganas de abanicarse el rostro.

—Dado que falta menos de un mes para la gala, lo primero será alquilar un esmoquin.

—Con el debido respeto, no creo que eso entre en mi presupuesto.

—Seguro que la fundación puede cubrir ese gasto.

Él frunció el ceño.

—No necesito limosnas.

—La fundación es una organización benéfica que se dedica a ayudar a la gente.

—Pues a mí no me parece ético que una fundación para la alfabetización se gaste el dinero el quilar esmóquines.

Paige nunca lo había visto así, pero imaginaba que no habría ningún problema.

—Hablaré con Ana al respecto. Seguro que lo solucionamos.

Él pareció aceptar la respuesta y, aunque su comportamiento fuese un poco… extraño, Paige se imaginó que se debía seguramente a su orgullo masculino.

Esperaba que aceptase la ayuda de la fundación, ya que sería una pena no verlo vestido de esmoquin. Debía de estar impresionante.

Aunque seguro que como mejor estaba era sin ropa.

Se imaginó las cosas que podría hacer con ese cuerpo…

—De acuerdo, hagámoslo.

¿Hagámoslo? Paige se quedó sin respiración. ¿No habría pensado en voz alta? No, no era posible.

—¿Pe-perdón?

—Que podemos ir a alquilar ese esmoquin.

—Ah, sí. Por supuesto.

—¿A qué pensaba que me refería?

Ella se negó a responder a aquello.

—A nada. Es solo… que no hay que hacerlo ahora mismo.

Brandon se inclinó hacia delante en el sillón.

—No hay nada como el presente, ¿no?

—Bueno, no, pero…

Con el ceño fruncido, Paige abrió el ordenador para ver si tenía algo más apuntado en la agenda.

—Tengo que comprobar mi agenda. Esta tarde tengo que hacer unas llamadas.

Él frunció el ceño.

—A ver si lo adivino, es de las que planea hasta el último momento de su jornada laboral.

Lo dijo como si fuese una rara. Dado que él llevaba una vida tan espontánea y… desinhibida, no podía entender las presiones del sector empresarial. Normalmente, Paige habría necesitado un par de días de antelación para una actividad así, pero podía cambiar un par de cosas y quedarse a trabajar una hora más esa tarde.

De todos modos, no la esperaba nadie en casa, ni siquiera una mascota. Era alérgica a los gatos y, teniendo en cuenta lo mucho que trabajaba, un perro era una responsabilidad para la que no tenía tiempo.

–Supongo que podría hacerte un hueco –le dijo–, pero antes tengo que hablar un momento con Cheryl.

–¿Espero fuera?

–De acuerdo. Será solo un momento.

Se levantaron los dos al mismo tiempo.

A pesar de llevar puestos sus Manolos, él seguía siendo mucho más alto.

Normalmente no le intimidaban los hombres altos, no le intimidaba nadie, pero había algo en aquel hombre que la ponía nerviosa.

Se preguntó si sería capaz de agarrarla al pasar por su lado y darle un apasionado beso.

«Ojalá».

Tener a un hombre tan sexy cerca le hacía acordarse de todo el tiempo que llevaba sola. Había trabajado tanto últimamente que no había tenido tiempo para salir con nadie.

Por no hablar del sexo.

Ya no se acordaba ni de cuándo había sido la última vez.

Seguro que el señor Dilson podía solucionarle ese problema, pero no parecía ser de los que tenían relaciones largas y a ella no le gustaban las aventuras de una noche. Además, nunca mezclaba los negocios con el placer.

Así que lo mejor que podía hacer era hacer su trabajo y mantenerse lo más alejada posible de Brandon Dilson.

Capítulo Dos

Quien dijese que hacerse pasar por un analfabeto para diezmar la reputación de su rival no tenía ventajas no había conocido a Paige Adams.

Brandon Worth, o Brandon Dilson, como lo conocían en la Fundación para la Alfabetización La Esperanza de Hanna, se apoyó en la puerta del pasajero de su camioneta y pensó en aquella nueva posibilidad. Cuando había tomado la decisión de infiltrarse en la fundación y demostrar que era un fraude, no había contemplado la posibilidad de seducir a uno de sus asesores, pero si tenía que hacerlo, lo haría.

Tal vez acercándose a la señorita Adams podría destapar las nefastas prácticas que sospechaba que se ocultaban detrás del éxito de la fundación. Y, en el proceso, enterrar a su fundador, Rafe Cameron.

Si Brandon no hubiese decidido quedarse en el rancho familiar a pesar de la mala salud de su padre, tal vez Rafe no hubiese llevado a cabo la adquisición hostil de Industrias Worth, la empresa que había pertenecido a su familia durante generaciones. Se rumoreaba que Rafe tenía previsto cerrar la fábrica y venderla por partes, lo que dejaría a más de la mitad de la ciudad de Vista del Mar sin trabajo. Él no podía evitar sentirse en parte responsable, así que tenía que olvidarse del rencor que sentía por su padre y centrarse en su obligación con su ciudad natal, con su legado. Estaba decidido a redimirse.

A través de la fundación, pretendía demostrar que Rafe era un estafador. Por desgracia, el trabajador de la organización con el que había estado trabajando durante los últimos meses no sabía nada acerca del funcionamiento interno de la misma. Y él mismo se había cuidado bien de no acercarse por la sede central por miedo a encontrarse allí con su hermana, Emma, que formaba parte de la junta. Hacía quince años que no se veían, pero no había cambiado tanto como para que su propia hermana no lo reconociera.

Paige Adams sería su as en la manga.

La vio salir del edificio y ponerse unas gafas de sol de marca.

A Brandon no solían gustarle las mujeres de negocios, pero aquella no podía ser peor que la sanguijuela de su exprometida. Además, al darle la mano había notado que saltaban chispas entre ambos.

Tenía la sospecha de que debajo de aquel traje de diseño y aquel aire refinado había una mujer salvaje deseando liberarse. Y él estaría encantado de echarle una mano, de pasarle los dedos por su pelo rubio y despeinárselo un poco, de borrarle a besos el impecable pintalabios.

Era evidente que la ponía nerviosa, hecho del que iba a aprovecharse.

Paige lo vio apoyado en la camioneta y se acercó. Parecía saber muy bien lo que quería y cómo conseguirlo.

Brandon sonrió. Eso ya lo verían.

Le abrió la puerta del pasajero y le hizo un gesto para que entrase.

–Adelante.

Ella se detuvo de repente.

–Esto, yo… Creo que será mejor que nos encontremos allí.

–No merece la pena malgastar gasolina si vamos los dos al mismo sitio. Además, es muy difícil aparcar a estas horas.

Ella dudó. Tal vez pensase que, dado que no sabía leer bien, tampoco sabía conducir.

O tal vez quisiese mantener el control de la situación.

Él le dedicó su sonrisa más encantadora.

Preguntó:

–¿No confías en mí?

Paige se puso pensativa, era evidente que no quería ofender ni contrariar al mejor alumno de la fundación.

Luego miró dentro de la camioneta. Tal vez le preocupase mancharse la ropa. El traje debía de haberle costado al menos el sueldo de una semana. O quizás fuese una niña de papá, que le compraba todos los caprichos. Brandon había conocido a muchas en la universidad.

–Llegarás sana y salva –le dijo–. Te lo prometo.

Ella asintió por fin y se dispuso a subir. Brandon la agarró del codo para ayudarla y clavó la vista en sus muslos.

¿Llevaba liguero? Al parecer, la señorita Adams era una chica chapada a la antigua.

–Abróchate el cinturón –le dijo antes de cerrar la puerta para ir a sentarse detrás del volante. Entró y tomó sus gafas de sol. Aunque no solía fijarse en las marcas, no iba a ninguna parte sin sus Ray-Ban–. ¿Adónde vamos?

–La tienda de alquiler no está lejos de aquí, en Vista Way –le contestó ella, nerviosa–. ¿Sabes dónde es?

–Por supuesto.

Aunque no había vivido en Vista del Mar desde los quince años, edad a la que su padre lo había mandado a un internado, todavía se acordaba de las calles de la ciudad, que no había cambiado mucho.

Salió del aparcamiento y se incorporó al intenso tráfico de la tarde.

Paige parecía incómoda a su lado, con la espalda muy recta y las uñas clavadas con fuerza en el asiento.

Él giró la cabeza hacia la ventanilla para que no lo viese sonreír.

Era evidente que se trataba de una mujer ordenada y disciplinada. Que se controlaba.

Y tal vez él fuese un depravado, pero la necesitaba para conseguir información, así que quizás se divirtiese un poco poniendo su mundo patas arriba.

Capítulo Tres

Para ser un hombre que se pasaba el día aislado del mundo, con los caballos, Brandon tenía buena mano con la gente.

La tienda a la que había llamado Paige llevaba poco tiempo abierta y por eso quería probarla, pero doce minutos después de entrar en ella supo que no volvería. La vendedora, una señora mayor de aire severo que siempre tenía el ceño fruncido, estaba hablando por teléfono cuando ellos llegaron y ni siquiera los saludó. Cinco minutos después, cuando por fin colgó, fue directa a la trastienda, todavía sin saludarlos, y tardó en salir otros siete minutos.

Cuando por fin se acercó lo hizo con actitud altanera, mirando a Brandon por encima del hombro. Y puso los ojos en blanco cuando Paige le anunció que tenían poco presupuesto y que querían ver qué tenían de saldo.

Fue tan grosera que Paige estuvo a punto de marcharse e ir a otra parte, pero Brandon empezó a bromear y a flirtear y, solo unos minutos después, la mujer estaba riendo y sonrojándose como una colegiala. Y, todavía más sorprendente, cuando Brandon comentó que el esmoquin era para un acto benéfico, la mujer le ofreció un modelo más caro por el mismo precio. Entonces Brandon le contó que Paige organizaba eventos y la mujer debió de darse cuenta de que era una clienta en potencia, y fue todo amabilidad con ellos. Aunque Paige seguía dudando que volviese a aquella tienda otra vez.

–Qué experiencia tan interesante –comentó Brandon cuando ya estaban de nuevo en la camioneta, conduciendo de vuelta al despacho de Paige.

–Tengo que disculparme. Era la primera vez que iba a esa tienda y no volveré a hacerlo.

–¿Por qué?

–¿Después de cómo nos ha tratado? Ha sido muy poco profesional. No entiendo cómo has podido ser tan agradable con ella.

Brandon se encogió de hombros.

–Me gusta darle a la gente el beneficio de la duda. Tal vez estuviese muy ocupada. O quizás tuviese un mal día y necesitaba que alguien se lo alegrase.

–Eso no es un motivo para ser grosero con nadie.

Brandon la miró.

–No me digas que nunca has tenido un mal día, que no has hablado mal a alguien que en realidad no se lo merecía.

–No a un cliente.

–Entonces es que eres mejor persona que la mayoría.

O que había aprendido a separar las emociones del trabajo.

Le pareció una pena que alguien con las habilidades sociales de Brandon estuviese de peón en un rancho. Podría llegar mucho más lejos en la vida con la motivación adecuada. Tal vez pudiese incluso ir a la universidad.

Paige se recordó que lo que hiciese con su vida no era asunto suyo. Como asesora de imagen formaba parte de su trabajo ayudar a la gente a cambiar su vida, y le encantaba lo que hacía, pero Brandon ya le había dicho que le gustaba ser como era. Y, en realidad, ni siquiera era su cliente. Solo tenía que aconsejarle cómo comportarse durante la gala. Aparte de eso, no tenía ningún derecho a inmiscuirse en su vida. Aunque fuese una pena ver cómo se perdía semejante potencial.

Se dio cuenta de que Brandon no giraba donde debía para volver a su despacho.

–Tenías que haber girado ahí –le dijo.

–Sé adónde voy –respondió él.

–A mi despacho se va por ahí. Por este camino nos alejamos.

E iban hacia la peor zona de la ciudad.

Además, tenía que hacer un par de llamadas esa tarde.

Brandon habló:

–Tal vez no te esté llevando a tu despacho.

A Paige le dio un vuelco el corazón. ¿Qué significaba eso?

¿Y si no debía haberse subido a aquella camioneta? ¿Qué sabía de aquel hombre? Era atractivo y encantador, pero bien podía ser un asesino en serie.

Lo miró. Estaba relajado, no parecía que fuese a sacarle una pistola de repente.

Aun así, se acercó un poco más hacia la puerta, para abrirla de golpe cuando la camioneta se detuviese si era necesario.

—¿Adónde me llevas?

Él la miró y sonrió.

—Relájate. No te estoy secuestrando. Solo te llevo a tomar algo. Es lo mínimo que puedo hacer para darte las gracias.

Paige suspiró aliviada y se tranquilizó.

—No es necesario, de verdad. La fundación me compensará por mi tiempo.

—Aun así, quiero hacerlo.

—Mira, la verdad es que tengo que volver al trabajo.

—Son casi las cinco de la tarde y es viernes.

Eran exactamente las cuatro y veintisiete y cuanto más siguiesen avanzando en dirección contraria a su despacho, más tardaría en volver.

—Tenía pensado trabajar hasta tarde.

Se detuvieron en un semáforo en rojo y él se giró a mirarla.

—¿Por qué?

«Porque no tengo vida», fue lo primero que

pensó Paige. Aunque, por triste que fuese, no era un motivo.

–Tengo obligaciones.

–Que seguro que pueden esperar a mañana –comentó Brandon, acelerando cuando el semáforo se puso en verde–. ¿Verdad?

–Estrictamente hablando, sí, pero…

–Entonces, ¿no preferirías divertirte un poco?

–Me divierte trabajar.

Él arqueó una ceja.

–¿A ti no te divierte trabajar? –le preguntó ella.

–No un viernes por la tarde –contestó Brandon, mirándola de reojo–. Apuesto a que bailas muy bien.

En realidad se le daba fatal bailar.

–Pues no. Y tengo que volver al despacho.

–No –la contradijo él sin más.

Entró en el aparcamiento de Billie's, un pequeño bar country al que Paige jamás habría entrado sola. Le recordaba demasiado a los locales de los que había tenido que sacar a su madre, demasiado perjudicada como para mantenerse en pie sola, en Nevada.

Y antes de que le diese tiempo a insistir en que diese la vuelta y la llevase a su despacho, Brandon se había bajado de la camioneta y estaba dándole la vuelta.

Abrió la puerta y le tendió una mano para ayudarla a bajar.

–No puedo hacer esto –le dijo Paige.

–Solo tienes que bajar hasta el suelo –le dijo él sonriendo–. Y te prometo agarrarte si vas a caerte.

Seguro que sabía que no era a eso a lo que se refería, pero intentó camelarla con una sonrisa. ¿Por qué tenía que ser tan encantador?

–Por norma, no salgo nunca con mis clientes.

–Buena norma, pero yo no soy uno de tus clientes.

En eso tenía razón.

–Pero la fundación lo es y, por lo tanto, tú también.

Era evidente que no estaba logrando convencerlo.

–Lo cierto es que no conozco a casi nadie en la ciudad y a veces me siento solo.

Paige no había esperado que fuese tan sincero con ella. Le estaba poniendo muy difícil decirle que no.

–Seguro que ahí dentro hay muchas mujeres que estarán encantadas de tomarse una copa contigo.

–Pero yo quiero tomármela contigo.

Paige tuvo que reconocer que, aunque fuese extraño, quería conocer mejor a Brandon. Había algo en él que la fascinaba. Y no se trataba solo de que fuese guapo, aunque tampoco pudiese negar que se sentía atraída por él.

Su vida personal era tan triste que cuando un hombre guapo y sexy la invitaba a tomar una copa, ella prefería volver a trabajar. ¿Cómo era posible que se hubiese obsesionado tanto con el éxito?

Aunque siempre podía verlo desde un punto de vista profesional. Brandon tenía mucho potencial. Tal vez si se conocían mejor, podría animarlo a hacer algo más con su vida.

Además, sería solo una copa.

–Una copa –le dijo–. Y luego me llevarás de vuelta al despacho.

–Prometido.

Y con una sonrisa que decía que había sabido desde el principio que iba a convencerla, le tendió la mano para ayudarla a bajar. Tenía la mano grande y callosa y cuando tomó la suya, Paige se sintió… segura. Era como si, instintivamente, supiese que Brandon jamás permitiría que nadie ni nada le hiciese daño.

Qué ridículo. Casi no lo conocía. Y, además, era muy capaz de cuidarse sola.

Lo soltó en cuanto estuvo en tierra firme, pero en cuanto echó a andar por el camino de gravilla con sus altísimos tacones se dio cuenta de que no iba vestida de manera apropiada.

–Pareces nerviosa –comentó Brandon cuando estaban llegando a la puerta.

–Voy vestida demasiado formal.

–A nadie le importará, confía en mí.

Paige avanzó.

***

Brandon se dispuso a abrir la puerta y a Paige le asaltó un torrente de recuerdos. Una habitación llena de humo y con olor a alcohol y a desesperanza. Música country tan alta que uno casi no podía pensar, mucho menos mantener una conversación, aunque nadie fuese allí a hablar. Se imaginó a parejas bailando apretadas en la pista de baile y besándose en los rincones.

Y cuando Brandon abrió la puerta casi le dio miedo encontrarse allí a su madre, caída al final de la barra, con un vaso de whisky barato en las manos, pero no vio eso, sino un local limpio y bien cuidado. La música estaba a un volumen respetable y el ambiente no olía a tabaco y a alcohol, sino a carne a la brasa y a salsa barbacoa.

En la barra había varios hombres viendo un partido en una enorme pantalla plana, pero casi todas las mesas estaban vacías.

–Por aquí –le dijo Brandon, llevándola a la zona que había detrás de la pista de baile, donde no había nadie.

Paige se sobresaltó al notar que le ponía la mano en la espalda. ¿Por qué tenía que tocarla tanto? No era profesional.

Aunque tampoco lo fuese tomarse una copa con él.

No quería que la malinterpretase ni que pensase que estaba interesada en una relación que no fuese profesional. Aunque pensaba que ya se lo había dejado claro.

Se sentaron a la mesa y pronto llegó una camarera a tomarles nota. Era una mujer mayor, con rostro amable, con un delantal en el que ponía que las costillas a la brasa de Billie's eran las mejores del oeste.

–Hola, Brandon –dijo la mujer sonriendo–. ¿Lo de siempre?

–Sí, señora.

Luego se giró hacia Paige y la miró sorprendida. Debió de ser por el traje.

–¿Y para tu amiga?

Paige se sintió obligada a explicarle que no era su amiga y que aquello era como una reunión de trabajo, aunque, en realidad, tenía que darle igual lo que pensase de ella una extraña.

–Una copa de *chardonnay*, por favor.

–¿El blanco de la casa le vale?

–De acuerdo.

–Ahora mismo vuelvo.

Cuando se hubo marchado, Paige comentó:

–Supongo que vienes mucho por aquí.

Brandon se encogió de hombros.

–De vez en cuando.

–¿Y dónde trabajas exactamente?

–En el rancho Copper Run, está a las afueras de Wild Ridge.

–Nunca he oído hablar de Wild Ridge.

–Está más o menos a dos horas al noroeste, en las montañas de San Bernardino. Era un pueblo minero.

–¿Y haces cuatro horas de trayecto cada vez que tienes que reunirte con tu profesor?

–Nos vemos dos veces por semana, jueves y domingos en la biblioteca. Vengo los jueves por la tarde y me quedo en un hotel, y vuelvo al rancho los domingos después de la clase.

–¿Y a tu jefe le parece bien que te tomes tantos días libres?

–Es un hombre generoso.

Más que la mayoría.

–¿Cuánto tiempo llevas trabajando para él?

–Ocho años.

–¿Y has pensado alguna vez en hacer algo… diferente?

–¿Como qué?

–No lo sé. Volver a estudiar, por ejemplo.

–¿Para qué? Me gusta lo que hago.

¿Pero no quería mejorar? Era evidente que se trataba de un hombre inteligente. Podía aspirar a mucho más.

La camarera volvió con la copa de vino de Paige y una cerveza para Brandon.

–¿Os traigo la carta? –preguntó.

–No, gracias –respondió Paige.

–¿Estás segura? –le dijo Brandon–. Te invito a cenar.

–No puedo, de verdad.

–Llamadme si cambiáis de opinión –les dijo la camarera.

–Gracias, Billie –le respondió Brandon mientras se alejaba.

–¿Billie? –repitió Paige–. ¿Es la dueña del local?

–Sí. Lo abrió con su marido hace treinta años. Tienen dos hijos y tres hijas. El mayor, Dave, es el cocinero y la más joven, Christine, atiende la barra. Earl, el marido, murió de un infarto hace dos años.

–¿Cómo sabes todo eso?

–Hablo con ella –le dijo él antes de darle un sorbo a la cerveza–. ¿Y tú de dónde eres?

–Crecí en Shoehill, Nevada –le respondió, dándole un sorbo a la copa de vino que, sorprendentemente, estaba bueno.

–No me suena.

–Es un pueblo pequeño. El típico lugar en el que todo el mundo está al corriente de la vida de los demás.

Y en el que todo el mundo conocía a su madre, la borracha del pueblo.

–¿Sigues teniendo familia allí?

–Lejana, pero hace años que no la veo. Soy hija única y mis padres han fallecido los dos.

–Lo siento mucho. ¿Es reciente?

–Mi padre murió cuando yo tenía siete años y mi madre, cuando estaba en la universidad.

–¿De qué murieron?

Brandon hacía muchas preguntas y ella no estaba acostumbrada a revelar tantas cosas de su vida privada a sus clientes, pero no quería ser grosera.

De modo que continuó:

–Mi padre, en un accidente. Era camionero. Se quedó dormido al volante. Dicen que sobrevivió al golpe, pero transportaba un tanque de combustible líquido que explotó.

—Dios mío —murmuró Brandon, sacudiendo la cabeza.

—Mi madre se lo tomó muy mal.

En vez de superar la muerte de su padre, se había refugiado en la bebida.

—¿A qué se dedicaba ella?

—A cualquier cosa que le hiciese ganar dinero.

Aunque, gracias a la bebida, ningún trabajo le duraba demasiado y habían estado mucho tiempo sobreviviendo gracias a ayudas.

—¿Y cómo murió?

—De cáncer de hígado.

Ni siquiera había dejado de beber después de que se lo diagnosticasen. Se había rendido sin luchar. De hecho, Paige sospechaba que había sido un alivio para ella, que su madre se había ido matando poco a poco. Y lo habría hecho antes si hubiese tenido el valor necesario. Y, en cierto modo, ella deseaba que hubiese sido así. No se imaginaba a sí misma siendo tan débil como para no poder luchar por la vida y por el bienestar de su hija por haber perdido al hombre al que amaba.

Había querido mucho a su madre, pero Fiona había sido frágil y delicada. Cosas que ella no sería jamás.

—Debió de ser muy duro —comentó Brandon.

—Hacía tiempo que no la veía, y estaba tan ocupada con mis estudios que no tuve tiempo para sentirme mal. Era mi primer año en la universidad de Los Ángeles y no quería bajar la media de sobresaliente.

–Una meta muy alta.

–No podía perder la beca.

–¿Y la mantuviste?

–Cuatro años.

Él le dio un trago a su cerveza.

–Debes de ser muy lista.

Parecía impresionado, como si no conociese a muchas personas inteligentes.

–Mereció la pena trabajar duro. Me gradué con matrícula de honor y empecé a trabajar en una de las empresas de organización de eventos más prestigiosas de San Diego.

–¿Y cómo terminaste en Vista del Mar?

–San Diego era demasiado caro para alguien que acababa de empezar y mi jefe tenía un local aquí. A mí me gustaba mucho esta zona, así que cuando abrí mi propia sucursal, decidí hacerlo aquí.

–¿Y por qué decidiste abrir tu propio negocio?

Paige le dio otro sorbo a su copa.

–Haces muchas preguntas.

Él tomó un cacahuete del cuenco que había en la mesa y se lo metió en la boca.

–Soy curioso por naturaleza.

Además, era encantador y sabía escuchar. Parecía interesarle realmente lo que le estaba contando.

–Algunos de los clientes más importantes de

la empresa trabajaban con ella gracias a mí, pero yo solo me llevaba una parte muy pequeña de los beneficios.

–Así que fue por dinero.

–En parte. También quería dedicarme a la asesoría de imagen. Y la verdad es que me gusta ser mi propia jefa.

Aunque no estaba siendo fácil. Los clientes grandes de su anterior trabajo habían preferido quedarse con una empresa de prestigio. Y en los dos años que llevaba como empresaria, la fundación era la cuenta más importante que había conseguido. La gala sería muy importante, porque asistirían a ella políticos y personajes famosos.

–Parece que te ha ido bien –comentó Brandon.

–He trabajado mucho.

–¿Cuánto tiempo llevas haciéndolo con la fundación?

–Desde febrero.

–¿Y eres amiga de Ana Rodríguez y Emma Worth?

–No, conocí a Ana porque organicé la boda de una amiga suya. Le impresionó mi trabajo y, al buscar a alguien para organizar la gala, pensó en mí. Y a Emma casi no la conozco.

–¿Y qué sabes de la fundación?

–A parte de lo que hacen por la comunidad y de la información que me han dado para la gala, no mucho. ¿Por qué me lo preguntas?

–Por curiosidad –le dijo él, llamando a Billie,

que estaba atendiendo a otra mesa, con la mano–.
¿Y qué haces en tu tiempo libre?

–La verdad es que no tengo tiempo libre.

–¿Y qué haces en tus días libres?

–No tengo días libres.

Él arqueó las cejas.

–¿Me estás diciendo que trabajas siete días a la semana?

–Normalmente, sí –contestó Paige, levantando la copa y dándose cuenta de que la tenía completamente vacía.

–Todo el mundo necesita tomarse un día libre de vez en cuando.

–Me tomo algún día, pero mi negocio está en estos momentos en una etapa crucial. La gala de la fundación va a servir para darle un impulso a mi carrera, o para terminar con ella.

Eso pareció sorprenderle.

–¿Tan importante es?

–Sí. El prometido de Ana, Ward Miller, está implicado en la organización, así que asistirán personas muy importantes. Justo la clientela que necesito para que mi empresa crezca.

–No pensé que fuese tan importante –comentó Brandon, como si la idea lo pusiese nervioso.

–No te preocupes. Lo harás bien. Te prepararé tan bien que nadie se dará cuenta de que es la primera vez que hablas en público.

Billie apareció con otra copa de vino y otra cerveza.

–Gracias –le dijo Brandon.

–Habías dicho una copa –le recordó Paige, mirando la hora en el teléfono móvil.

–¿No estás disfrutando de mi compañía?

Sí que estaba disfrutando. Estaba disfrutando de lo lindo. De hecho, se sentía cómoda hablando con él.

Tal vez porque la escuchaba de verdad. Hasta le gustaba ponerse nerviosa cuando la miraba fijamente con sus ojos azules.

Sabía que aquello no estaba bien, pero todo el mundo tenía derecho a soñar. Podía imaginarse cómo sería estar cerca de él. Aunque eso no fuese a ocurrir.

Tenía un plan.

Su vida ya estaba organizada y no había lugar en ella para un hombre como Brandon.

Aunque estaba segura de que sería divertido estar con él una noche o dos, todo en su interior le decía que no era buena idea.

–Yo no he dicho eso –le respondió–. Es solo que tengo mucho trabajo.

–¿Y qué pasaría si no lo hicieses esta noche?

Paige se sorprendió.

–¿Qué quieres decir?

–¿Se vendría abajo tu negocio? ¿Se terminaría el mundo?

Aquello era ridículo.

–Por supuesto que no.

Brandon alargó la mano por encima de la mesa y tomó la de Paige mientras la miraba a los ojos.

Paige se sintió aturdida. ¿Cuánto tiempo hacía que un hombre no la hacía sentirse así?

Demasiado.

—No vuelvas al trabajo —le pidió Brandon, derritiéndola con la mirada—. Pasa el resto de la tarde conmigo.

Capítulo Cuatro

Brandon sabía que la tenía.

Le tocó la mano y vio cómo le flaqueaba la fuerza de voluntad. Aunque no estaba seguro de por qué quería que se quedase con él, cuando estaba claro que no iba a poder sonsacarle nada de información acerca del funcionamiento de la fundación.

Tal vez porque no había exagerado cuando le había dicho que se sentía solo. Hacía tiempo que no tenía compañía femenina. Casi no había mirado a ninguna mujer desde que había sorprendido a Ashleigh con el que en esos momentos era su excapataz, dos días antes de su boda, el anterior invierno.

Pero le gustaba Paige. No era como había esperado que fuese nada más verla. No era una niña de papá. Y el hecho de que hubiese accedido a tomar algo con un hombre que, para ella, era pobre e inculto, decía mucho acerca de su carácter. Llevaba ropa de marca para impresionar a sus clientes, no porque fuese una esnob.

En cierto modo, Paige le recordaba a él mismo. Aislado y obsesionado con su trabajo. Después de la ruptura con Ashleigh había pasado casi todo su tiempo encerrado en el rancho. Se había aislado del mundo. Y en los últimos tiempos había estado tan obsesionado con Rafe Cameron que casi no había pensado en otra cosa. Solo después de haber conocido a Paige había tenido ganas de tener compañía.

Pero tenía que tener cuidado con dónde y con quién se dejaba ver. No podía arriesgarse a que lo reconociesen si no quería tirar por la borda cuatro meses de trabajo. Tenía pensado descubrirlo todo en la gala.

Dado que Paige parecía estar aislada del mundo, no parecía representar una amenaza para su plan. Y nadie iba a reconocerlo en aquel bar. Personalmente, prefería el club de tenis de Vista del Mar, donde su padre y otros hombres como él bebían whisky de ochenta años y hacían negocios. También prefería estar en el rancho, en la montaña, a estar encerrado en un despacho. Eso debía de haberlo heredado de su madre.

Paige se mordisqueó el labio inferior, pero no apartó la mano de debajo de la suya. Tal vez le gustase la sensación. A él le estaba gustando. Y, si se salía con la suya, iría mucho más allá. Quizás hubiese llegado el momento de terminar con su celibato voluntario.

–Supongo que no me pasará nada por no trabajar esta tarde –comentó ella–, pero tendré que hacerlo mañana por la mañana, así que no podré quedarme mucho rato.

–Te llevaré a casa antes de que la camioneta

vuelva a transformarse en calabaza, te lo prometo.

–Que quede claro que esto no es una cita–dijo
ella, apartando la mano–. Podemos ser amigos,
pero nada más.

–Amigos –repitió él. Con derecho a roce, tal
vez.

Paige se relajó y le dio otro sorbo a su copa. El
bar se estaba empezando a llenar. Pronto empe-
zaría a bailar la gente y, a las siete, comenzaría a
tocar la banda de música. Y Brandon la sacaría a
bailar. Un par de copas más y la convencería, estaba seguro.

Ella lo miró con los párpados caídos. Tenía
unos ojos increíbles. En su despacho, a Brandon
le había parecido que eran azules, pero con
aquella luz parecían casi violetas.

–Me estás mirando fijamente –le dijo Paige.

Él se inclinó hacia delante, apoyando los brazos en la mesa.

–Estaba intentando averiguar de qué color tienes los ojos.

–Depende de qué humor esté. A veces son
azules, otras violetas.

–¿Y de qué humor estás cuando son violetas?

–Contenta. Relajada.

Brandon se preguntó de qué color se le pondrí-
an cuando estaba excitada y si tendría la suerte
de poder averiguarlo.

–Desde que nos hemos sentado solo hemos
hablado de mí –añadió Paige–. ¿Por qué no me

cuentas algo de ti? Y no me digas que no hay mucho que contar. Todo el mundo tiene una historia.

Pero él no podía contarle la suya. En cualquier caso, no la versión completa. No obstante, sabía que cuantas menos mentiras contase, menos tendría que recordar.

–Nací en California –empezó–. No muy lejos de aquí. Mi padre vive muy cerca.

–¿Y vas a verlo a menudo?

–No. No estamos de acuerdo en casi nada.

–Has dicho que tu madre murió cuando eras pequeño.

–De una sobredosis accidental –le dijo.

Nunca se había considerado oficialmente un suicidio, pero solo porque no había dejado nota de despedida. Cualquiera que hubiese conocido a Denise Worth sabía que había sido lo suficientemente infeliz como para quitarse la vida. Y aunque él tenía solo catorce años, su muerte había sido la gota que había colmado el vaso. Desde entonces, casi no había vuelto a hablarse con su padre. Su madre siempre había sentido debilidad por él mientras que Emma había sido la princesita de su padre. Y, según tenía entendido, lo seguía siendo.

–¿Tienes hermanos? –le preguntó Paige.

–Una hermana, pero hace quince años que no nos vemos.

Desde el día que se había marchado al internado, en la costa este. Aunque había oído que

Emma se había casado hacía poco tiempo y estaba embarazada de su primer hijo. Iba a ser tío, pero lo más probable era que no viese nunca al niño.

–Quince años es mucho tiempo.

–Es complicado.

–Debe de serlo, porque es difícil imaginarse a alguien tan sociable y agradable como tú enfadado durante quince años.

Él sonrió.

–Casi no me conoces. Tal vez solo esté fingiendo que soy agradable.

Ella lo pensó un segundo, pero enseguida negó con la cabeza.

–No, te estás olvidando de que soy asesora de imagen. Se me da bien analizar a la gente. La manera en la que has engatusado a la vendedora hace un rato es imposible de fingir. Se te da bien la gente. Eres un tipo agradable.

Tal vez demasiado agradable y, sin duda, demasiado confiado. De eso se había dado cuenta con Ashleigh y había sido un trago bastante amargo, pero en esos momentos no quería volver a pensar en ella.

–Entonces, supongo que te gusto –comentó sonriendo–. Dado que soy un tipo tan encantador.

–Tal vez no me gusten los tipos encantadores –respondió ella, vaciando la segunda copa de vino–. Y prefiera a tipos que no me convienen.

El vino debía de estar subiéndosele a la cabeza. Estaba empezando a coquetear.

Brandon se inclinó hacia delante y clavó la mirada en la suya.

—Que sepas que puedo llegar a ser muy malo.

Tal vez se lo imaginase, pero tuvo la sensación de que a Paige se le estaban oscureciendo los ojos. La cosa parecía ponerse interesante.

—¿Cómo es que una mujer tan guapa como tú no tiene novio?

—¿Quién ha dicho que no lo tengo?

—Si lo tuvieses no tendrías planeado trabajar un viernes por la noche. Ni tampoco estarías aquí conmigo.

—Estoy centrada en mi carrera y no tengo tiempo para relaciones.

Exactamente la clase de mujer que necesitaba en esos momentos. Una mujer que no esperase compromisos, que no tuviese tiempo para él. Aunque si se enterase de que era millonario, tal vez cambiase de opinión.

—¿Y tú, por qué no tienes novia?

Él sonrió.

—¿Quién ha dicho que no la tenga?

—Si la tuvieses no estarías aquí conmigo.

Cierto.

—Tuve una prometida hasta el año pasado.

Paige se puso seria.

—¿Y no salió bien?

—Que no salió bien sería una manera educada de decir que me engañó con el capataz del rancho.

Ella sacudió la cabeza.

–No entiendo a las personas que engañan a sus parejas. Si no eres feliz con alguien, déjalo.

Ashleigh había seguido con él solo por su dinero, pero, al parecer, jamás había pretendido ser feliz a su lado ni serle fiel. O eso le había dicho cuando había roto con ella.

–¿Lo dices por experiencia?

–No, pero mi madre tuvo varios novios incapaces de mantener la bragueta del pantalón subida. Aunque no fuese fácil estar con mi madre.

–¿Qué quieres decir?

Paige dudó antes de responder.

–Era alcohólica. Empezó a beber cuando mi padre murió y no paró hasta morirse ella también.

–Debió de ser muy duro.

–Era débil, patética.

Y parecía que Paige seguía enfadada con ella, por lo que Brandon supuso que lo último que querría era parecerse a ella. Por eso le parecía tan importante tener éxito y ser autosuficiente. No era el tipo de mujer que salía con un hombre por su dinero, aunque él tampoco estuviese buscando una relación.

Pensó que había llegado el momento de relajar un poco el ambiente. Le hizo un gesto a Billie para que les sirviese otra ronda y, aprovechando que estaba sonando una canción lenta, se puso en pie y le tendió la mano a Paige.

–Baila conmigo.

Ella abrió los ojos y negó con la cabeza.

–No. No bailo.

–Todo el mundo baila.

–En serio, Brandon. No sé bailar.

–No es tan difícil.

–Lo es para mí.

–¿Cuándo fue la última vez que lo intentaste?

–En el baile de fin de curso del instituto. Pisé tantas veces a Devon Cornwall que cuando fue a devolver los zapatos de alquiler le hicieron pagar de más.

–No me lo creo.

–De verdad que sí. Bailo fatal.

–Bueno, pues a mí puedes pisarme las botas todo lo que quieras –le dijo, agarrándole la mano para hacerla levantarse, pero ella se resistió.

–No hay nadie bailando.

–Seremos los primeros. Dentro de un par de horas la pista estará llena.

Paige miró a su alrededor mientras dejaba que Brandon la llevase hasta la pista de baile.

–Nos está mirando todo el mundo. Voy a hacer el ridículo.

–Relájate –le aconsejó Brandon, agarrándola y empezando a moverse lentamente al ritmo de la música.

Paige era menuda, tenía la cintura estrecha y las manos delgadas, pero, al mismo tiempo, era una mujer fuerte, tanto, que le hizo daño cuando le pisó el pie izquierdo.

–¡Lo siento! –le dijo, ruborizándose–. Te lo advertí.

Brandon se dio cuenta de que el problema era que estaba intentando llevarlo ella.

–Relájate y déjate llevar.

Durante los tres primeros cuartos de la canción, Brandon tuvo la mirada clavada en lo alto de su cabeza y ella, en sus botas, pero en cuanto la levantó, volvió a pisarlo.

–¡Lo siento!

–No pasa nada. Ya empiezas a dominarlo. Dentro de nada estarás haciendo coreografías en grupo.

–¿Coreografías? –repitió, volviendo a clavarle el tacón en la bota–. ¡Lo siento!

–Mira mis pies. Y sí, coreografías.

–Eso sí que no puedo hacerlo.

–Todo el mundo puede hacerlo. Solo requiere práctica.

–No tengo coordinación.

–No te hace falta. Son solo movimientos repetitivos.

Paige lo miró y volvió a pisarlo. A ese paso, iba a destrozarle las botas.

–¡Lo siento!

–Tengo una idea –dijo Brandon–. Dame tu pie.

–¿Qué vas a hacer con él? –le preguntó Paige con el ceño fruncido.

–No te preocupes, te lo devolveré.

Paige levantó la pierna y él se agachó, le quitó el zapato y lo tiró debajo de su mesa.

–Pero…

–El otro –dijo, repitiendo la acción.

–¿Por qué has hecho eso?

–Porque nos estaban molestando.

–Me siento demasiado bajita sin los tacones.

–¿Cuánto mides?

–Un metro sesenta si me pongo muy recta. Siempre he querido ser más alta.

–¿Por qué? ¿Qué tiene de malo ser baja?

Ella puso los ojos en blanco.

–Esa pregunta solo la puede hacer una persona alta.

–Solo mido un metro ochenta y cinco.

–Solo. ¡Veinticinco centímetros más que yo!

Él sonrió.

–¿Te das cuenta que desde que te he quitado los zapatos no me has pisado ni una sola vez?

–¿No?

–Ya te he dicho que podías hacerlo.

Paige parecía tan contenta que le hizo sonreír, pero entonces empezó una canción más rápida y Brandon prefirió no ponerla a prueba. Tenía que ir poco a poco.

La llevó de vuelta a la mesa, donde Billie les había dejado otra ronda y un par de cartas.

–Creo que Billie intenta decirnos algo –comentó Brandon.

–La verdad es que yo tengo hambre –admitió Paige, dando un sorbo a su copa, y después otro más.

Tenía que bajar el ritmo si no quería que Brandon tuviese que llevarla a casa.

Pidió una ensalada y Brandon, una hamburguesa. La pista de baile empezó a llenarse mientras esperaban la cena y él pensó que tal vez Paige se ponía nerviosa si le proponía bailar con tanta gente, pero entonces empezó a sonar una canción lenta y fue ella la que se levantó, descalza, y lo invitó a bailar. Cuando la apretó contra su cuerpo, no opuso resistencia, y Brandon no pudo evitar pensar que sus cuerpos encajaban a la perfección.

–Creo que, en realidad, me gusta bailar –comentó Paige sonriéndole.

Cada vez se le daba mejor y solo lo pisó una vez en toda la canción.

Cuando llegó la cena, volvieron a la mesa y Paige se quitó la chaqueta del traje antes de sentarse y la dobló con cuidado. Debajo llevaba una camiseta de seda color rosa claro que parecía tan suave y delicada como su piel. Tenía los pechos pequeños, pero proporcionados con el resto de su cuerpo. Todo lo contrario que Ashleigh, cuyos pechos operados siempre habían sido una fuente de sentimientos encontrados para él. Prefería las cosas naturales.

Paige pidió una cuarta copa de vino con la cena y Brandon pensó que se le tenía que estar subiendo a la cabeza, pero cuando intentó sacarla a bailar una de las coreografías en línea, se negó porque le daba vergüenza. Después de la quinta copa, Paige volvió a bailar una canción lenta entre sus brazos mucho más desinhibida.

Desde que había roto su compromiso, Brandon casi no se había fijado en ninguna mujer. Hasta que había conocido a Paige. Pero para ella era un hombre sin estudios que trabajaba de peón en un rancho. La cuestión era si estaba dispuesta a ver más allá.

Sería una prueba que le demostraría el tipo de mujer que era Paige Adams en realidad.

Aunque Paige sabía que no estaba bien y que tenía muchas razones para no tener nada con un hombre como aquel, lo deseaba. Tal vez fuese el vino, o el hecho de no haber estado con un hombre en mucho tiempo, pero no podía evitar tener ganas de estar pegada a él. Normalmente se fijaba en hombres estudiosos, que no solían ser tan guapos, pero Brandon era fuerte y olía muy bien. Hasta la gustaba notar su barba en la frente cuando se apoyaba en su pecho.

–Ya lo tienes dominado –comentó Brandon con voz más ronca que un rato antes.

Paige levantó la vista y le sonrió, y vio que también había deseo en sus ojos.

–Me alegro de que hayas insistido.

–Yo también –le dijo él, alargando la mano para apartarle un mechón de pelo de la cara–. ¿Siempre llevas el pelo recogido?

–Para trabajar, sí.

–Seguro que estás muy sexy con él suelto –le dijo, pasando ambas manos por él para quitarle las horquillas–. Ves, tenía razón. Supongo que estás acostumbrado a oírlo, pero eres una mujer muy bella.

Lo cierto era que hacía mucho tiempo que no se lo decía nadie. Y si Brandon seguía diciéndole ese tipo de cosas y mirándola así, iba a empezar a olvidarse de por qué aquello estaba mal. Por qué solo podían ser amigos.

Se miraron a los ojos y Paige se preguntó si iba a besarla. Porque quería que lo hiciera.

Él inclinó la cabeza ligeramente y ella levantó la barbilla, pero Brandon se limitó a apoyar la frente en la de ella, decepcionándola.

La canción terminó y él le dio la mano y la llevó de vuelta a la mesa.

–Se está haciendo tarde. Debería llevarte a casa.

Paige miró el reloj que había encima de la barra y vio sorprendida que eran casi las doce de la noche, pero lo estaba pasando tan bien que no le apetecía marcharse. Aunque, si la llevaba a casa, tal vez le diese un beso de buenas noches. Sabía que no debía permitírselo. Lo suyo no tenía futuro, pero solo la idea hizo que le temblasen las rodillas.

Se puso los zapatos y la chaqueta y salieron al aparcamiento. Iba tan inestable con los tacones por la gravilla que Brandon tuvo que sujetarla.

–Tengo el coche en el despacho –le contó.

–Sí, pero no estás en condiciones de conducir.

–¿Y cómo iré a trabajar mañana?

–Me pasaré por tu casa por la mañana y te llevaré.

Aquella parecía la solución perfecta, porque, de ese modo, tendría que volver a verlo. Quizás él también quisiese volver a verla.

La ayudó a subir a la camioneta y luego dio la vuelta para sentarse al volante.

–¿Adónde vamos?

Ella le dio la dirección de su apartamento y, por el camino, pensó en lo raro que era que se sintiese tan a gusto en su compañía, teniendo en cuenta que solo se habían conocido unas horas antes. Normalmente le costaba acercarse a la gente y bajar la guardia. Le costaba confiar. Era una persona reservada por naturaleza, pero esa noche le había contado a Brandon cosas que no había compartido ni con sus mejores amigos. Incluso su secretaria, que llevaba trabajando para ella desde que había montado la empresa, no sabía nada de su niñez. Tal vez se había sentido cómoda confiando en Brandon porque él también había tenido un pasado complicado.

–Estás demasiado callada –le dijo este–. ¿Todo bien?

–Sí. La verdad es que me siento bien. De hecho, hacía mucho tiempo que no me sentía tan bien. Me he divertido mucho esta noche.

–Yo también.

Al llegar a su casa, Brandon aparcó delante del edificio y salió a abrirle la puerta. Al bajar, Paige estuvo a punto de perder el equilibrio.

–¡Cuidado! –le dijo él, sujetándola del brazo–. ¿Estás bien?

–Creo que estoy un poco más contenta de lo que pensaba –respondió ella, aferrándose a su brazo y sintiendo su músculo duro y su calor.

No pudo evitar preguntarse cómo sería el resto de su cuerpo. Y cómo reaccionaría Brandon si intentaba averiguarlo.

Llegaron a su puerta y Brandon le quitó las llaves de la mano para abrirla, luego, se volvió hacia ella.

–Lo he pasado muy bien esta noche.

–Yo también.

«Ahora, bésame y hazme feliz».

–Gracias por hacerme compañía.

–De nada.

«Venga. Bésame», siguió pensando Paige.

Lo vio inclinar la cabeza y levantó la barbilla. Cerró los ojos y contuvo la respiración mientras esperaba a notar sus labios. ¿Le daría un beso lento y dulce, o apasionado y salvaje? ¿Tendría los labios tan suaves como parecían? ¿A qué sabrían?

Notó su aliento en la boca, el olor a limpio de su *aftershave*, y notó la caricia de sus labios... ¿en la mejilla?

Brandon estuvo así un par de segundos y luego se apartó, pero después de haber pasado toda la noche en un perpetuo estado de excitación,

Paige supo que no iba a poder conformarse con tan poco.

Olvidándose por completo de su sentido común, lo agarró por el cuello y le hizo bajar la cabeza para darle un beso en los labios.

Capítulo Cinco

Paige suspiró al notar los labios de Brandon en los suyos, besándola despacio, con ternura. Su barba le hizo cosquillas. Era la primera vez que besaba a un hombre que no estuviese afeitado, pero le gustó. De hecho, era el mejor beso que le habían dado. Con diferencia. Y eso que no había hecho más que empezar.

Brandon llevó una de las manos a su rostro y luego la enterró en su pelo antes de besarla más profundamente. Ella gimió al notar que le metía la lengua en la boca. Solo podía pensar en que quería más. Era tan maravilloso que no quería que terminase nunca.

Notó que la apretaba contra su cuerpo y cuando se dio cuenta de que estaba excitado, sintió calor por todo el cuerpo. Y tardó solo dos segundos en decidir que aquel beso tampoco iba a ser suficiente. Quería acariciarlo, sentirlo. Quería acostarse con él. Quería notar el peso de su cuerpo apretándola contra el colchón mientras se movía en su interior.

No podía desearlo más.

Le sacó la camiseta de la cinturilla de los pantalones y metió las manos por debajo para apoyarlas en su estómago, y él gimió contra su boca. Todavía no había visto su cuerpo, pero estaba segura de que era perfecto. Empezó a retroceder, haciéndolo entrar en su apartamento, pero Brandon se detuvo de repente y rompió el beso.

–Paige, no puedo.

¿Cómo era posible? ¿No la deseaba? Pues la estaba besando como si la desease.

–No pienses que es porque no te deseo –le dijo él–. Te deseo más de lo que puedas imaginar, pero has bebido más de la cuenta. Me sentiría como si me estuviese aprovechando de ti.

«Aprovéchate de mí, por favor», quiso decirle ella, pero tenía razón. Había bebido demasiado. Y era probable que el alcohol le estuviese nublando el juicio.

¿Cómo que era probable? Claro que tenía nublado el juicio. Estaba invitando a un cliente a entrar en su apartamento con la intención de acostarse con él. Un hombre que no cumplía ni uno solo de los requisitos que, para ella, debía tener un hombre para salir con él. Aunque no tenía intención de salir con él. Solo quería tener sexo con él.

–Tienes razón –admitió, retrocediendo y apartándose de él, agarrándose al marco de la puerta para poder guardar el equilibrio–. No sé qué estaba pensando.

–Si te sirve de consuelo, yo estaba pensando exactamente lo mismo.

Eso hizo que Paige se sintiese todavía peor.

–Gracias por haberme convencido para que saliese contigo esta noche –le dijo–. Me lo he pasado muy bien.

–Yo también.

–Espero que podamos ser amigos. Podríamos repetirlo algún día.

Pero sin el beso. Y con menos alcohol.

–Me encantaría.

Paige pensó que si no cerraba la puerta pronto, corría el riesgo de volver a lanzarse a sus brazos.

Él debió de pensar lo mismo, porque le dijo:

–Tengo que marcharme.

–Gracias por la cena, y el vino, y por haberme enseñado a bailar.

–De nada. Gracias a ti por haberme hecho compañía.

La miró como si fuese a volver a besarla. De hecho, dio un paso hacia ella, pero algo en su mirada debió de advertirle lo que ocurriría si lo hacía, porque se dio la vuelta y desapareció por el pasillo.

Cuando oyó el motor de la camioneta arrancando, Paige cerró la puerta y entró en casa.

Había estado a punto de cometer un enorme error. Había cruzado una línea que se había prometido que jamás cruzaría. Por suerte, Brandon había echado el freno, pero ¿por qué en vez de sentirse aliviada se sentía tan mal?

***

Brandon se quedó sentado en la camioneta con el motor encendido, agarrando el volante con fuerza e intentando calmar su corazón. ¿Qué era lo que acababa de ocurrir? Era consciente de que Paige había estado bebiendo y de que él había estado calentándola en la pista de baile, pero no había esperado que se lanzase a sus brazos así. Y cuando lo había besado… Había sido increíble. Jamás había conectado tan bien con una mujer. Tanto física como emocionalmente. Por eso le había costado mucho decirle que no. Y había estado a punto de volver después.

Si hubiese estado sobria habría aceptado su invitación sin dudarlo y en esos momentos estaría en su cama, pero, por suerte, había bebido. Eso le había servido de excusa para no continuar.

¿En qué había estado pensando? ¿De verdad había pensado que tener una aventura con Paige podía ser buena idea? No tenía tiempo para algo así. No tenía tiempo para ella, ni para nadie. Tenía una misión: desenmascarar a Rafe Cameron, y no podía distraerse.

Aunque Paige habría sido una distracción muy estimulante. Y había estado en lo cierto al pensar que debajo de aquel traje de chaqueta había una mujer apasionada y salvaje deseando liberarse. Pero debía mantenerse alejado de ella, por el bien de ambos.

Al día siguiente la llevaría al trabajo y, después de eso, su relación sería estrictamente profesional.

Paige se despertó a la mañana siguiente con una horrible resaca, pero, sobre todo, avergonzada por su comportamiento del día anterior.

¿Cómo podía haber bebido tanto?

Y todavía peor que la humillación era tener que reconocer que se había divertido mucho. Charlando y bailando. Y coqueteando. No recordaba la última vez que había estado tan relajada, haciendo algo que no fuese trabajar. No podía olvidar cómo había bailado con Brandon, ni la suavidad de sus labios ni la fuerza de su erección.

Si no hubiese sido tan caballeroso y no hubiese echado él el freno, habría terminado acostándose con él. Y lo tendría allí tumbado en esos momentos, adormilado, despeinado…

Intentó apartar la imagen de su mente y le dolió más la cabeza.

Salió de la cama y fue a la cocina, donde se tomó tres pastillas y un vaso de agua fría. En el baño se asustó al ver su reflejo en el espejo. Menos mal que Brandon no estaba allí para verla, porque daba miedo.

Se duchó, se lavó los dientes y se vistió para ir a trabajar con sus pantalones vaqueros favoritos y una camisa de algodón. Los fines de semana siempre iba mucho más informal que durante la semana. Se secó el pelo y se lo recogió en una cola de caballo, se pinto los ojos y los labios. Y estaba pensando si poner la cafetera cuando llamaron a la puerta. No tenía ni idea de quién podía ser, dado que no solía tener visitas los sábados a las nueve y media de la mañana.

¿A quién pretendía engañar? Nunca iba nadie a verla. Últimamente no había tenido tiempo para amigos.

Abrió la puerta y se encontró con Brandon al otro lado.

–Buenos días –la saludó este sonriendo.

Iba vestido como el día anterior, con vaqueros, camisa y botas, pero había añadido un sombrero de cowboy al conjunto. Y estaba muy guapo.

Llevaba en las manos dos vasos de café de la cafetería favorita de Paige y cuando el aroma le llegó a la nariz no pudo evitar que la boca se le hiciese agua.

No se molestó en preguntarle qué hacía allí, dio por hecho que, después de lo sucedido la noche anterior, debía de pensar que estaban saliendo juntos. Le gustó que le hubiese llevado café, pero tendría que dejarle las cosas bien claras y decirle que lo de la noche anterior había sido un error que no volvería a repetirse. Química sexual aparte, no estaban hechos el uno para el otro.

¿Por qué, entonces, tenía el corazón acelerado? ¿Por qué no podía dejar de mirarle los labios?

–¿No vas a invitarme a entrar?

Por norma, Paige no invitaba a nadie a su

casa. En especial, a clientes, porque siempre intentaba guardar las apariencias lo máximo posible.

Pero de todas las personas que conocía, Brandon debía de ser una de las que menos importancia daba a las apariencias. Además, le estaba sonriendo de manera muy sexy y el café olía estupendamente. No podía decirle que no. Así podrían hablar de lo de la noche anterior y establecer límites.

Se apartó y se preguntó qué estaría pensando Brandon mientras miraba a su alrededor. Qué le parecerían los muebles de segunda mano y la moqueta roída. No era un apartamento fuera de lo normal, pero el alquiler era asequible y la zona, tranquila, y tal vez los muebles fuesen viejos, pero eran suyos.

–Muy acogedor –comentó Brandon.

–Quieres decir que es pequeño –replicó ella, cerrando la puerta.

Él se giró a mirarla.

–No, quiero decir acogedor. Me gusta. Me gusta que no se parezca en nada a tu imagen profesional.

Paige se sintió obligada a darle una explicación, pero tuvo la sensación de que él no la esperaba ni la necesitaba. Así que le hizo un gesto para que la siguiese hasta la minúscula cocina.

–¿Quieres leche o azúcar?

–No gracias.

Paige abrió un armario para sacar el azúcar.

–Bueno, ¿qué te trae por aquí esta mañana?

–Te dije que te pasaría a recoger.

Ella lo miró por encima del hombro.

–¿Sí?

–Para ir a por tu coche. Lo dejaste en el trabajo ayer, ¿recuerdas?

–Ah, es verdad.

Se le había olvidado. Algo poco habitual en ella. Entonces, ¿él tampoco estaba interesado en una relación?

En ese caso, tenía que sentirse aliviada, ¿por qué se sentía decepcionada?

«A ti te pasa algo, cielo», se dijo a sí misma mientras se ponía azúcar en el café.

–También quería darte algo –le dijo Brandon.

Paige dejó la cucharilla y cuando se giró vio que lo tenía detrás, vio su mirada y lo vio inclinarse hacia delante, y supo lo que iba a darle. Antes de que le diese tiempo a impedirlo, la estaba besando.

Al principio fue un beso suave y dulce, pero pronto se volvió más apasionado. Brandon la abrazó y la apretó contra su cuerpo, le metió la lengua en la boca y consiguió que se excitase.

Paige había tenido la esperanza de que la sensación de que el beso de la noche anterior había sido embriagador hubiese sido fruto de su embriaguez, pero en esos momentos se estaba dando cuenta de no era una ilusión, de que era cierto.

Era todavía mejor de lo que recordaba.

En un momento, volvió a tener ganas de acariciarle todo el cuerpo.

Y eso que había querido establecer límites con él. Aquello estaba mal, pero no podía evitarlo. Era como un *tsunami* de emociones encontradas.

Se separaron muy despacio, como si ninguno de los dos quisiera hacerlo. Brandon suspiró y apoyó su frente en la de ella.

–Me había prometido a mí mismo que no iba a hacerlo, pero te he visto… y no he podido resistirme.

Ella deseó que lo hubiese hecho.

–Yo estaba a punto de decirte que lo de anoche fue un error, que no podemos volver a vernos para nada que no sea de trabajo.

–Sí, pero aquí estamos.

–No va a funcionar, Brandon.

–Lo sé.

–Queremos cosas completamente distintas en la vida.

–Lo sé.

–Y en estos momentos no tengo tiempo para una relación.

–Pues no la tengamos.

–Entonces, ¿qué?

Él se encogió de hombros.

–¿Por qué no… tenemos algo informal, solo para divertirnos?

Paige se quedó pensativa.

Ella no tenía tiempo para diversiones, aunque la noche anterior lo había pasado muy bien. Y tampoco le haría ningún daño relajarse de vez en cuando.

–Tengo una idea –le dijo él, acariciándole la mejilla con el dorso de la mano–. ¿Por qué no pasas de ir a trabajar hoy?

–No puedo.

Pero quería. Quería estar con él. Era diferente de los demás hombres a los que había conocido. Tal vez fuese porque vivía de manera despreocupada, pero estar con él era demasiado… fácil.

–Claro que puedes –le dijo Brandon–. Es solo un día.

–La gala es dentro de tres semanas y queda mucho por hacer.

–Pero es sábado, ven a dar una vuelta conmigo.

–¿Adónde?

–Adonde sea. Podríamos ir de picnic.

Paige no había ido de picnic desde… bueno, no recordaba la última vez. Era una idea tentadora, pero no quería que Brandon se hiciese ilusiones con ella.

Aunque eso no significaba que no pudiesen ser amigos.

–Iré, pero solo si vamos como amigos.

–¿Y si yo quiero más?

Ella retrocedió para apartarse de sus brazos.

–Entonces, nuestra relación tendrá que ser solo profesional.

–De acuerdo, amigos.

Paige tuvo la sensación de que había sido demasiado fácil convencerlo.

–¿Podemos marcharnos ya? –le preguntó él.

–¿De picnic?

Brandon asintió.

–¿Adónde?

–Conozco un lugar. Creo que te gustará.

Ella pensó que no debía ir, pero quería hacerlo. Y nunca hacía lo que le apetecía.

Tal vez se mereciese tener un día de diversión.

–Iré a calzarme.

Capítulo Seis

De camino adonde Brandon la estuviese llevando, detuvo la camioneta delante de una cafetería del centro, donde Paige compraba también a veces la comida o se tomaba un café.

–Espérame aquí –le dijo él.

Y unos minutos después salía de la cafetería con una enorme bolsa. ¿Cómo podía haberlo hecho tan deprisa, si a través de la ventana se veía que había mucha cola?

Paige recordó que Brandon había salido a hacer una llamada mientras ella se ponía los zapatos, debía de haber encargado la comida.

–¿Qué tienes ahí? –le preguntó.

–La comida –respondió él, dándole la bolsa.

A Paige le sorprendió que pesase tanto y miró dentro. No era la comida, sino todo un banquete. Había sándwiches, ensaladas y fruta, además de varios bollitos, botellas de agua y refrescos bajos en calorías.

Paige, que tenía un presupuesto muy ajustado, sabía que esa cafetería no era precisamente barata, así que aquel festín tenía que haberle costado a Brandon una pequeña fortuna.

–No hacía falta comprar tantas cosas –le dijo.

Él se encogió de hombros y arrancó la camioneta, como si no fuese nada del otro mundo.

–No se puede hacer un picnic sin comida.

–Al menos, deja que te pague la mitad –le pidió, tomando el bolso–. ¿Cuánto te debo?

–Te invito yo –le dijo él, empezando a conducir.

–Eso no es justo. Ya me invitaste anoche. Y ahora que trabajas menos, seguro que estás más justo de dinero.

–Mi sueldo no ha cambiado.

–Pues debes de tener un jefe muy generoso.

–Sí. Me ve como una inversión, supongo, porque quiere que sea su capataz.

Ella se preguntó si ganaría mucho más dinero como capataz que como peón, pero no se atrevió a preguntárselo. Aun así, seguía pensando que podía hacer mucho más en la vida, pero quién era ella para entrometerse en sus asuntos.

No obstante, le importaba lo que hiciese con su vida porque le gustaba. El corazón le daba un vuelco cada vez que lo miraba.

No sabía lo que le estaba pasando.

–¿No vas a decirme adónde vamos? –le preguntó.

Brandon se limitó a sonreír.

–¿Sabes al menos adónde vamos?

–Sí.

–¿Está muy lejos?

–A veinte minutos.

Parecía relajado, sin prisa. Ella siempre iba corriendo a todas partes y, aunque a veces se sentía agotada, era una costumbre que le resultaba difícil de cambiar.

Tal vez Brandon pudiese enseñarla. O tal vez no quisiese cambiarla. Quizás le gustasen las mujeres emprendedoras y con éxito.

Aunque eso daba igual, porque solo iban a ser amigos.

–¿Cómo era tu prometida? –le preguntó.

–¿Por qué me lo preguntas? –le dijo él, sorprendido.

–Tengo curiosidad, pero si no quieres hablar de ello…

–No pasa nada. Es solo que me ha sorprendido la pregunta –le dijo Brandon, respirando profundamente–. Ashleigh era… ambiciosa, pero de una manera negativa.

–¿Ser ambicioso puede ser algo malo?

–Supongo que depende de lo que ambiciones. A mí me parecía la mujer perfecta, hasta que dejó de parecérmelo.

–No te entiendo.

–Me decía siempre lo que quería oír, se comportaba como creía que yo quería que se comportase. Lo que tuvimos fue como un sueño, pero ella me confesó después que nunca me había querido.

–¿Y por qué quería casarse con alguien a quien no quería?

–Seguro que tenía sus motivos.

Paige tuvo la sensación de que Brandon no se

lo estaba contando todo. Tal vez porque no quería que Paige lo supiera, o porque no se sentía cómodo abriéndose a ella. Se conocían desde hacía menos de veinticuatro horas y el hecho de que ella sintiese una conexión especial con él no significaba que esta fuese recíproca.

–Menos mal que me enteré antes de la boda, aunque fuese poco antes.

–¿Cuándo te enteraste?

–Dos días antes de casarnos, cuando los sorprendí en los establos en una situación… comprometedora.

Paige imaginó que debía haber sido horrible y no entendió que una mujer con un novio tan dulce y atractivo necesitara a otro. Tuvo que recordarse a sí misma que casi no conocía a Brandon. Tal vez tuviese un lado oscuro. Todo el mundo tenía defectos, ¿no?

–¿Y tú? –le preguntó él–. ¿Has tenido alguna relación seria?

–La verdad es que no. En el instituto no tenía tiempo para novios y no quería terminar como muchas, embarazadas y casadas con dieciséis años.

–¿Tan mal iban las cosas en casa?

–Mis padres se casaron nada más terminar el instituto y mi madre no tenía ninguna preparación. Cuando se terminó el dinero del seguro de vida, perdimos la casa y tuvimos que irnos a vivir a una pequeña caravana en la zona más pobre de la ciudad. Una época tuvimos que irnos incluso a un piso de acogida para mujeres. Fue la experiencia más humillante de mi vida.

–¿Tu madre no se volvió a casar?

–No, gracias a Dios.

–¿Por qué dices eso?

–Porque siempre salía con hombres parecidos a ella.

–¿Alcohólicos, quieres decir?

–Alcohólicos, drogadictos. Gracias a uno de ellos nos desahuciaron y tuvimos que irnos al piso de acogida. Le robó a mi madre el dinero que tenía guardado en el bolso para pagar el alquiler de la caravana y se lo gastó en droga.

–Sé lo que es que tu padre te decepcione –comentó él.

–A mí me gusta pensar que todo aquello me convirtió en una persona más fuerte. Tal vez mi madre hiciese muchas cosas mal, pero gracias a eso sé cuidarme sola.

Brandon alargó la mano y tomó la suya, se la apretó y Paige sintió que se le encogía el corazón. Deseó que no la soltase nunca, pero tenía que agarrar el volante.

–Así que no tuviste novios serios en el instituto –continuó él–. ¿Y en la universidad?

–Salí con algunos chicos, pero no me enamoré perdidamente de ninguno. El primer año estuve a punto de irme a vivir con uno, pero al final no lo hice. Y después encontré trabajo en Chicago y la relación no era tan buena como para aguantar la distancia.

–¿Estabas enamorada de él?

Paige se encogió de hombros.

–No lo sé. Quizás, en cierto modo. Lo quería como amigo, de eso estoy segura, pero creo que nunca he estado enamorada de verdad.

Por eso le resultaba tan extraño sentir tanto por Brandon.

–Y ahora no tienes tiempo –le dijo él.

–No, además, ¿quién querría salir con una mujer que trabaja ochenta horas a la semana?

Él la miró y sonrió y a ella se le aceleró el corazón.

–Supongo que dependerá de la mujer. Y del hombre.

–Para mí es más fácil estar sin pareja en estos momentos.

–¿No te sientes nunca sola?

–No tengo tiempo –le dijo, aunque no fuese del todo verdad.

A veces echaba de menos tener a alguien con quien compartir las cosas, y con quien tener relaciones íntimas, aunque pudiese vivir sin sexo.

No obstante, cuando estaba con Brandon no podía pensar en otra cosa.

–¿Significa eso que no quieres casarte? –le preguntó Brandon. Solo por curiosidad porque él, después de lo de Ashleigh, tampoco estaba interesado en el tema.

–Quizás algún día.

–¿Y tener hijos?

–Todavía no tengo esa necesidad, ya llegará el momento.

–¿Y cuándo será eso?

–Cuando mi negocio esté establecido. Soy joven, no tengo prisa.

–¿Cuántos años tienes? –le preguntó él, arriesgándose a ofenderla.

–Cumplí veintiocho el veintidós de enero.

Él la miró con incredulidad. Tal vez había consultado su archivo.

–No es verdad.

–Claro que sí.

–¿De verdad cumples años el veintidós de enero?

–Sí.

–Yo también.

Paige arqueó las cejas.

–¿En serio?

–En serio.

–Qué raro.

Era la primera vez que Brandon conocía a alguien que cumpliese años el mismo día que él.

–Tal vez sea el destino.

–No lo creo.

–¿Por qué no?

–Porque no creo en el destino. Pienso que las personas controlan su propio destino. Mi vida es como yo la he hecho. No hay fuerzas cósmicas que determinen qué va a pasar o no.

–No estoy de acuerdo. ¿Crees que fue coincidencia que dos días antes de la boda, al volver antes de tiempo de un viaje de negocios, viese luz en los establos y fuese a dar una vuelta? ¿Y que sorprendiese a Ashleigh con el capataz?

–¿Tu jefe te manda de viajes de negocios? –le preguntó ella.

–¿Viajes de negocios?

–Acabas de decir que volviste antes de tiempo de un viaje de negocios.

¿Eso había dicho? Pues debía tener más cuidado. Estaba demasiado cómodo con ella y había bajado la guardia.

–Mi jefe quería comprar unos caballos nuevos y lo acompañé a verlos.

–¿Y volviste antes de tiempo?

–El destino, ya te lo he dicho.

–Eres el primer hombre que conozco que cree en esas cosas o, al menos, que lo admite.

Brandon se echó a reír.

–Vaya, ¿he metido la pata? Pensé que a las mujeres os gustaban los hombres con un lado sensible.

–Tal vez sea solo que los hombres con los que he salido eran más… prácticos.

–En otras palabras, aburridos.

–A veces. Pero prefiero salir con hombres poco peligrosos.

–Pues anoche dijiste que salías con hombres que no te convenían.

–¿Eso dije?

–¿En qué quedamos entonces?

–Tal vez estuviese bien encontrar a uno que tuviese una mezcla de ambas cosas –contestó ella, mirando por la ventanilla–. ¿Hemos llegado?

–Casi.

Brandon buscó el estrecho camino que había encontrado por casualidad un mes antes, cuando había empezado a ir allí. Estaba tan escondido entre la vegetación que estuvo a punto de no verlo. Giró a la izquierda y tomó una pista polvorienta.

–¿Dónde estamos? –le preguntó Paige.

–En el Canyon Trail Park, descubrí este camino de casualidad.

–¿Y vienes mucho por aquí?

–De vez en cuando, cuando estoy por la ciudad y necesito un lugar en el que estar solo.

Siguió por el camino hasta llegar a un pequeño claro cubierto de hierba donde nunca había nadie. Aparcó a la sombra de los árboles y salieron de la camioneta.

Paige miró a su alrededor con el ceño fruncido.

–Tal vez te parezca una pregunta tonta –le dijo–, pero ¿y si uno de los dos necesita ir al baño?

–Hay unos aseos públicos aproximadamente a medio kilómetro de aquí. Y si no quieres andar tanto, hay muchos arbustos por aquí.

Brandon sacó la gruesa manta de lana que tenía debajo del asiento del conductor y la extendió en el suelo, a la sombra de un árbol.

Paige se sentó y aspiró el aire limpio. Había mucha tranquilidad.

–Es un sitio muy bonito.

Él se sentó a su lado.

–Es un poco pronto para comer.

–¿Y qué hacemos hasta entonces?

–Relajarnos.

–¿Relajarnos?

Paige lo miró como si no supiese qué significaba esa palabra.

–Creo que no sé hacerlo. ¿No podemos ir a dar un paseo o algo así? O, si quieres, podemos hablar de la gala.

Brandon pensó que le iba a costar mucho trabajo seducirla si no aguantaba sentada ni dos minutos.

–También podemos quedarnos aquí, disfrutando del entorno.

–¿Por qué estar aquí sentados, cuando podemos hacer cosas?

Era cierto, no sabía relajarse. Y Brandon se dio cuenta de que no podía obligarla.

–En ese caso, tengo una idea –le dijo, poniéndose en pie y tendiéndole la mano para ayudarla a levantarse–. Ven.

Ella le dio la mano y se puso en pie también.

–¿Qué vamos a hacer?

–Voy a enseñarte a bailar en línea.

Ella abrió mucho los ojos.

–¿Es una broma, no?

–No.

–Brandon, no puedo.

–Anoche me dijiste que no sabías bailar y al final lo conseguiste.

–Esto es diferente. Bailar en línea requiere coordinación, y yo no tengo.

–En cuanto aprendas los pasos solo será cuestión de práctica. Y aquí no te puede dar vergüenza, porque no te ve nadie.

Eso no pareció consolarla.

–Primero te enseñaré algunos pasos fáciles –continuó Brandon–. Cuando los hayas pillado, pondré música.

–¿Cuánto tiempo tienes? Porque podría llevarnos mucho.

–No te preocupes, tengo todo el día.

Ella seguía sin parecer convencida.

–O eso, o nos sentamos y nos relajamos. Tú elijes.

Y si conseguía salirse con la suya, bailar no sería la única actividad física que harían ese día.

Capítulo Siete

A juzgar por la sonrisa de Brandon era evidente que no iba a dejarla en paz. ¿Aquello era divertirse para él?

–Está bien –le respondió Paige a regañadientes–, pero que sepas que no me hace gracia.

–Lo harás genial –le dijo él, frotándose las manos–. Ponte a mi lado y haz exactamente lo mismo que yo.

Así dicho, parecía fácil, y era evidente que a él se le daba muy bien bailar.

Paige lo observó, pero cuando intentó repetir sus movimientos, no fue capaz.

Después de unos veinte minutos y de que no hubiese conseguido ningún progreso y hubiese vuelto a pisarlo, Brandon la miró con desconfianza y comentó:

–¿Lo estás haciendo adrede o de verdad tienes tan poca coordinación?

Paige reconoció:

–Soy un desastre.

Él suspiró y se rascó la barbilla.

–Creo que parte del problema reside en que te lo estás tomando demasiado en serio. Solo necesitas relajarte.

–Eso es fácil de decir cuando a ti se te da tan bien.

–No nací sabiendo bailar, ¿sabes? Observa mis pies y relájate. Se supone que tiene que ser divertido.

A ella se le ocurrían otras cosas mucho más divertidas para hacer con él. Cada vez que la tocaba pensaba en el beso que le había dado esa mañana y en lo mucho que deseaba que se repitiese, pero Brandon parecía decidido a respetarla, tal y como ella le había pedido. Eso la aliviaba y la molestaba al mismo tiempo. Necesitaba saber que no era la única que sufría. Que para él también era una tortura estar allí con ella.

Alrededor de las once y media, Brandon se limpió la frente con la manga y suspiró.

–¡Vaya! Está empezando a hacer calor.

Y, dicho aquello, se quitó la camisa y la echó a la parte trasera de la camioneta.

Y Paige se quedó sin aliento. Era perfecto. Tenía el torso moreno, musculoso y… maravilloso. Una fina capa de bello rubio cubría sus pectorales y desaparecía por la cinturilla de los pantalones. Y ella no pudo evitar preguntarse cómo sería acariciarla.

¿Cómo iba a relajarse, si casi no podía ni respirar? Se llevó la mano a la barbilla, por miedo a estar babeando.

–Vamos a repetir la última parte –le dijo él–. Solo una vez más. Ponte detrás de mí y observa mis pies.

¿Hablaba en serio? Iba a poder mirarlo sin que se diese cuenta. Tenía los hombros anchos, la espalda fuerte. Y un trasero…

Paige suspiró suavemente. Brandon era todo un hombre.

Él miró por encima del hombro.

–¿Me estás siguiendo? –le preguntó.

Paige levantó la vista a su rostro.

–¿Qué?

–Que si estás siguiendo los pasos.

–Lo siento, pero solo te estaba mirando.

–Pon las manos en mis hombros.

–¿Por qué?

–Para que puedas moverte a la vez que yo.

Ella tragó saliva y se acercó, pero era tan alto que no podía apoyar las manos en sus hombros sin pegarse a él. Tenía la piel caliente y suave, y si a Brandon le afectó que lo tocase, no se le notó. Ella, en cualquier caso, sí que estaba muy afectada.

Brandon dio un paso a la izquierda, otro más a la izquierda, uno adelante, otro adelante, y ella lo siguió.

Izquierda, izquierda, delante…

Paige fue hacia delante y él retrocedió, haciendo que chocasen. Estuvo a punto de caerse al suelo, pero Brandon se giró y la agarró del brazo.

–¿Estás bien?

–Sí, pero no quiero continuar –le contestó.

–Pues te estaba saliendo bien.

–Sí, pero si volvemos a chocar así voy a acabar con una contusión.

Brandon se cruzó de brazos, lo que acentuó sus fuertes músculos.

–Vamos a comer.

Se sentaron en la manta. Paige tuvo la esperanza de que volviese a ponerse la camisa, pero no fue así. Y no podía evitar mirarle al pecho. Estaba tan fascinada con él que, en un momento dado, en vez de meterse el tenedor con la ensalada en la boca, se pinchó el labio inferior. Le habría encantado pasarse así el resto del día, mirándolo, pero en cuanto hubieron terminado de comer, Brandon se puso en pie para darle la segunda parte de la clase.

Después de aproximadamente otra hora más, Paige empezó a acostumbrarse a ver su pecho desnudo y al embriagador olor de su *aftershave*. Y cada vez chocaban menos, así que ya no se sentía tan inútil. Entonces Brandon anunció que había llegado el momento de poner música. Bajó las ventanillas de la camioneta y encendió la radio.

El principal problema de bailar con música era que iba demasiado rápida y Paige empezó a confundirse otra vez.

–Tal vez la música no haya sido buena idea –admitió Brandon.

Ella suspiró con frustración.

–Tal vez la idea de enseñarme a bailar haya sido una tontería. Estoy harta.

–Pues estás mejorando.

–¿Podemos hacer otro descanso? Estoy agotada.

–Cinco minutos.

Paige se dejó caer sobre la manta y cerró los ojos.

Cuando abrió los ojos con la intención de darle las gracias, vio que un enorme gusano estaba cayendo del árbol sobre su cabeza.

–¡Quítamelo! –gritó, sin parar de moverse.

Brandon la agarró de los hombros.

–Tranquilízate, te lo quitaré.

Y Paige tuvo que hacer un enorme esfuerzo para estarse quieta.

–Era solo una libélula –le dijo él, enseñándosela–. Se supone que da buena suerte.

–Lo siento, es una manía. La caravana siempre estaba llena de cucarachas. Era imposible deshacerse de ellas y, cuando me despertaba a media noche, siempre tenía alguna por el pelo.

Él no dijo nada. Tal vez no supiese qué decir. En su lugar, la abrazó con fuerza.

La pilló tan desprevenida, le gustó tanto, que notó que los ojos se le llenaban de lágrimas.

¿Qué le pasaba? Nunca se emocionaba. Y nunca lloraba. Era una mujer dura. Una mujer luchadora.

Aunque tal vez estuviese cansada de luchar, cansada de ser dura. Tal vez pudiese ser vulnerable y débil durante un minuto o dos. Tal vez no estuviese tan mal dejar que Brandon la reconfortase, en vez de intentar fingir que no le importaba haber tenido aquella niñez.

Se apoyó en él y enterró la cara en la curva de

su cuello, respirando hondo. Brandon olía a aire fresco, a sol y a hombre. Paige retrocedió y lo miró a los ojos, tan azules y profundos que podía perderse en ellos. Deseó besarlo. Probar sus labios y sentir su barba acariciándole la piel. Deseó pasar las manos por su pelo, acariciarle los hombros fuertes. En esos momentos, era lo único en lo que podía pensar.

¿Qué le estaba pasando? ¿Cómo podía sentir tanto por alguien a quien casi no conocía? ¿Por un hombre que le convenía tan poco?

Alargó las manos para ponerlas alrededor de su cuello y él se inclinó hacia delante, anticipando el beso, y cuando sus labios la tocaron, fue tan dulce, tan perfecto, que a Paige le entraron ganas de gritar.

¿Por qué no se habían besado antes, nada más llegar? ¿Por qué había intentado que no ocurriese cuando era tan… estupendo?

Se tumbó en la manta, llevándoselo con ella. Solo quería besarlo y besarlo, hasta que le doliesen los labios. Quería acariciarle todo el cuerpo, pero cuando lo intentó, él le sujetó las manos y se las puso en su pecho.

Sin palabras, le estaba diciendo que aquello no iba a ir más lejos. Al menos, allí. Y eso estaba bien, porque Paige no se acordaba de la última vez que había estado con un hombre y, sin esa presión, podía disfrutar más de los besos.

No supo cuánto tiempo habían estado allí tumbados, besándose, pero de repente oyó que alguien se aclaraba la garganta y se dio cuenta de que habían dejado de estar solos.

Levantaron la vista y vieron a un guardia del parque a unos metros de ellos, con los brazos cruzados y cara de pocos amigos.

–No sé si no han visto los carteles, pero no pueden estar aquí –les dijo en tono molesto.

–Lo siento –le respondió Brandon–. Ya nos marchamos.

El guarda asintió y volvió al *jeep*, que Paige ni siquiera había oído llegar.

–Así que no te habían pillado nunca –dijo entre dientes mientras se levantaban.

Brandon se encogió de hombros.

–Siempre hay una primera vez.

Paige no se sintió culpable por haber incumplido las normas, como habría hecho en cualquier otra ocasión. Todo lo contrario, le pareció… divertido.

Brandon recogió la manta, la dobló y la metió debajo de su asiento antes de ayudarla a subir a la camioneta. Paige se sintió decepcionada al ver que, antes de sentarse delante del volante, volvía a ponerse la camisa.

Se subió a la camioneta, arrancó el motor y volvió a tomar el camino por el que habían llegado, pasando al lado del *jeep* del guarda que, al parecer, estaba esperando a que se marchasen.

Fueron en silencio varios minutos hasta que, ya en la carretera, Brandon le preguntó con una sonrisa:

–¿Besas así a todos tus amigos?

–¿Y si te dijese que sí?

–Entonces, creo que me va a gustar ser tu amigo.

A ella también.

–Creo que lo de quitarme la camisa ha funcionado –añadió.

–¿Qué quieres decir?

–Que necesitabas un empujoncito para echar a rodar.

–¿Me estás diciendo que me has traído aquí para seducirme?

Él se limitó a sonreír.

Paige no supo si darle las gracias o un golpe en la cabeza.

–Supongo que lo de ser amigos no era del todo realista –comentó.

–Es difícil luchar contra la naturaleza.

Era cierto.

–Eso no significa que quiera una relación seria. Pienso que deberíamos tener algo informal.

–Me parece bien –admitió Brandon.

Paige se sintió aliviada, aunque era normal que a Brandon le pareciese bien. ¿Qué hombre en su sano juicio habría rechazado una relación sin ataduras?

–¿Adónde vamos? –le preguntó él, mirándola con deseo.

–Podríamos volver a mi casa.

–¿Estás segura?

Nunca había estado tan segura ni había deseado tanto algo en la vida. Si Brandon hacía el amor la mitad de bien de lo que besaba, podían pasarlo muy bien.

–Por supuesto.

–Siempre y cuando seas consciente de que vamos a terminar en la cama.

–Esa era mi esperanza.

–Entonces, vamos a tu casa.

Paige no pudo evitar darse cuenta de que Brandon pisaba el acelerador, tal vez tuviese miedo de que cambiase de opinión, pero eso no iba a ocurrir. Según iban pasando los segundos, más ganas tenía de acostarse con él. Ya estaban en su calle cuando Brandon detuvo la camioneta en el aparcamiento del supermercado en vez de ir directo a su casa, que estaba a treinta segundos de allí.

–Tengo dos preservativos en la cartera, pero me temo que no van a ser suficientes –comentó–. Ahora vuelvo.

Brandon entró y salió de la tienda en treinta segundos. Subió a la camioneta y le dio la bolsa con la compra. Paige no pudo evitar mirar dentro, había una caja de treinta y seis preservativos, tamaño extra grande.

«Dios mío», pensó.

Al aparcar delante de su edificio se acordó de que su coche seguía en el trabajo, pero ya irían a por él después. O al día siguiente.

–Deberías meter el coche en el aparcamiento que hay detrás del edificio –le dijo a Brandon–.

Está prohibido aparcar en la calle de 2 a 6 de la madrugada.

Él comprendió lo que quería decir eso y sonrió, dirigiéndose a la parte de atrás.

Paige se metió la bolsa del supermercado en el bolso y salieron. Brandon la agarró de la mano para llegar hasta la puerta. Estaba tan excitada que el corazón se le iba a salir del pecho.

¿Le haría el amor lentamente, con dulzura, o de manera salvaje? Ambas posibilidades la excitaban.

Abrió la puerta y entraron. Cerró la puerta y echó el cerrojo, tan nerviosa que le temblaban las manos.

Se preguntó si debía ofrecerle una copa o si debía ir directa al grano, pero nada más girarse hacia él, Brandon la agarró por la cintura y la besó apasionadamente.

—No sé dónde has aprendido a besar así —le dijo cuando la dejó respirar—, pero lo haces muy bien.

—Aprendí con Marcy Hudson, en octavo.

—Pues recuérdame que le envíe una nota de agradecimiento.

Él sonrió y la besó en el cuello, haciendo que se estremeciese.

—Aparte de besarte, ¿hay algo más que te guste hacer con tus amigos? —bromeó, apartándole la camisa para mordisquearle el hombro.

—Muchas cosas —respondió ella, quitándole la camisa—, pero solo las hago con los amigos especiales.

Él le quitó la camisa también y gimió de deseo al ver el sujetador de encaje negro que llevaba puesto. Al parecer, no le importaba que tuviese los pechos algo pequeños.

Tomó ambos con sus fuertes manos y le acarició los pezones con el dedo pulgar. La sensación, a pesar de llevar el sujetador, fue increíble.

–¿Y yo soy uno de esos amigos especiales?

–¿Por qué no vamos a mi habitación y te lo demuestro?

Capítulo Ocho

Violeta intenso.

Así era como tenía Paige los ojos cuando estaba excitada. Un color tan poco habitual que, de no haberla conocido, habría pensado que eran lentillas. Paige era verdaderamente única. Y, al parecer, le excitaba verlo desnudo.

Acababan de entrar en la habitación cuando le desabrochó el cinturón y el botón del pantalón, pero Brandon tenía la intención de tomarse su tiempo.

Tiró la caja de preservativos encima de la cama que, por sorprendente que pudiese parecer, estaba deshecha, y la agarró de las muñecas, llevándoselas a la espalda. Luego la besó, le mordisqueó la oreja, el hombro, parecía gustarle que utilizase los dientes.

Quería probar todo su cuerpo, pero cada cosa a su tiempo. Dado que hacía mucho tiempo que ninguno tenía relaciones, quería que aquello durase.

Paige intentó zafarse y lo miró a los ojos con deseo.

–Quiero tocarte.

–Lo harás.

Brandon llevó la boca a sus pechos y ella arqueó la espalda y gimió. Con la mano que tenía libre, le bajó el tirante del sujetador y dejó al descubierto su pezón rosado y erguido. Lo lamió con la lengua y ella dio un grito ahogado, se lo metió en la boca y la hizo gritar.

Tenía los pechos firmes y suaves. Perfectos. Todo en ella lo era.

Se sentó en el borde de la cama para tener la cabeza al nivel de sus pechos e hizo que Paige se colocase entre sus piernas. Le soltó las muñecas para desabrocharle el sujetador y quitárselo y luego volvió a acercarla para jugar con el otro pecho. Ella gimió de placer y enterró los dedos en su pelo.

Él fue bajando por su cuerpo a besos hasta llegar a la cinturilla de los vaqueros. La vio ponerse todavía más nerviosa mientras se los desabrochaba y descubría que llevaba también las braguitas de encaje negro. Le gustaba la lencería sexy. El color le daba igual: negro, rojo, morado, pero sentía debilidad por el encaje.

Le bajó los vaqueros y ella se los terminó de quitar a patadas. Luego, la miró. Su piel parecía de delicada porcelana y tenía las curvas perfectas para una mujer de su tamaño.

Pasó los dedos por el encaje de las braguitas y observó su reacción. La vio cerrar los ojos y notó cómo le clavaba las uñas en los hombros. Cada vez respiraba con mayor rapidez y tenía la piel del pecho sonrojada. No le hacía falta mucho para excitarse, pero a él, tampoco. Estaba deseando terminar con cinco meses de celibato.

Metió la mano por debajo de las braguitas y no le sorprendió ver que Paige estaba húmeda, preparada. La acarició e hizo que se estremeciese.

–Si sigues haciendo eso, no podré aguantar –le advirtió ella.

–¿Y no se trata de eso?

–Todavía no estoy preparada.

Brandon introdujo un dedo en su sexo y ella se estremeció de nuevo.

–Pues tu cuerpo opina lo contrario.

–Mi cuerpo está preparado, pero yo, no. Quiero tenerte dentro. Me gusta más así.

Él no pudo llevarle la contraria porque opinaba lo mismo.

Sacó la mano y ella se arrodilló entre sus piernas para desabrocharle los vaqueros y tirar de ellos, llevándose también los calzoncillos y dejando su erección al descubierto.

–Vaya –comentó, acariciándosela.

–¿Demasiado grande?

–Espero que no –respondió, metiéndosela en la boca.

Brandon tuvo que apartarla para no perder el control.

–Yo tampoco estoy preparado.

Paige sonrió y fue a por la bolsa en la que estaban los preservativos. Abrió una caja y rasgó uno de los envoltorios con los dientes.

–Deja que haga yo los honores –le pidió él, porque necesitaba un minuto para recuperar el control–. ¿Por qué no te tumbas?

Paige se tumbó y Brandon fue a su lado en cuanto se hubo puesto el preservativo. Por sexys que fuesen, había llegado el momento de deshacerse de las braguitas. Se las bajó y, aunque tenía ganas de separarle los muslos y probarla, se tumbó a su lado. Ella lo abrazó por el cuello y le dio un beso lento, profundo, que volvió a llevarlo al límite.

–Vas a tener que bajar el ritmo, cielo –le dijo Brandon.

–No puedo –contestó Paige–. Te deseo.

Y para demostrárselo, le agarró por el trasero y se frotó contra él.

Brandon pensó que era como si hubiese dado rienda suelta a un animal salvaje. Aquella no era la misma mujer a la que le había tenido que insistir para que se tomase una copa con él, ni a la que había tenido que llevar casi a rastras a la pista de baile. Aquella mujer era un ser puramente sexual. Una gata salvaje. Respondía de tal manera a sus caricias, era tan fácil de excitar, que a Brandon le entraron ganas de golpearse el pecho con los puños cerrados y rugir.

Se colocó entre sus muslos y entonces le preocupó hacerle daño, porque era muy menuda, pero, a juzgar por su manera de gemir y moverse, estaba preparada para recibirlo.

Pensó en penetrarla despacio para darle tiempo a acostumbrarse a su erección, pero en cuanto empezó a entrar ella arqueó la espalda y se apretó contra él, rodeándolo con su calor. Entonces, abrió mucho los ojos y le clavó las uñas en la espalda.

–¿Te he hecho daño? –le preguntó Brandon, parando.

Ella negó con la cabeza y le dijo con voz entrecortada, pero firme.

–No pares.

Brandon le agarró las manos a Paige y se las sujetó a ambos lados de la cabeza antes de penetrarla profundamente. Ella dio un grito ahogado al notar como una descarga eléctrica nacía en su vientre y se le extendía por el resto del cuerpo.

Él retrocedió con la mirada clavada en la suya y volvió a penetrarla. La sensación era tan intensa que Paige se estremeció. Quería tenerlo más cerca, quería acariciarlo, pero Brandon no la soltaba y lo cierto era que el hecho de estar inmovilizada también la excitaba.

Brandon volvió a salir y a entrar, con más fuerza en esa ocasión. Ella gritó y arqueó la espalda.

–¿Te he hecho daño? –volvió a preguntarle él.

Paige negó y lo abrazó con las piernas por la cintura. Brandon le soltó las manos, pero ella lo agarró para que siguiese sujetándoselas.

–Me gusta –le dijo.

Y la idea de que le gustase estar inmovilizada

debió de excitarlo, porque a partir de ese momento ambos perdieron el control. Paige intentó aguantar, intentó que durase más, cosa que siempre había conseguido hacer con otros hombres, pero algo en la manera de moverse de Brandon, en el roce de su piel, en la fricción que habían creado… lo hizo imposible.

–Paige, mírame –le pidió él–. Quiero ver tus ojos cuando llegues al orgasmo.

Ella lo miró y el éxtasis, la emoción de sus profundos ojos azules terminó con ella. Su cuerpo empezó a sacudirse, presa del placer. Y fuese lo que fuese lo que Brandon vio en sus ojos hizo que él llegase al clímax también. Paige lo oyó gemir y se dio cuenta, por primera vez en su vida, de lo que era realmente hacer el amor. Lo que era conectar con un hombre del modo más íntimo posible. Y entonces, en vez de notar que el placer se iba calmando, este volvió a crecer por segunda vez, con más intensidad que la primera. Fue tan sobrecogedor que, durante un minuto, Paige se perdió por completo. No podía ver, ni oír, ni pensar. Solo podía sentir.

Debió de cerrar los ojos en algún momento porque, cuando los abrió, Brandon le estaba sonriendo.

–¿Acabas de tener un orgasmo múltiple?

Ella asintió mientras recuperaba la respiración.

–¿Te pasa mucho?

Paige negó.

–Es la primera vez.

Él sonrió todavía más.

–¿No lo estarás diciendo para levantarme el ego?

–No creo que tu ego lo necesite.

Brandon la besó y luego se sentó al borde de la cama. Paige lo oyó jurar entre diente varias veces.

–¿Qué ocurre?

–Tenemos un problema.

–¿Qué problema?

–Se ha roto el preservativo.

A Paige se le detuvo el corazón. Y luego volvió a latirle a toda velocidad.

–¿Cómo es posible?

Brandon se encogió de hombros y se giró a mirarla.

–Son cosas que pasan. ¿Es mal momento para ti?

–¿Mal momento? –repitió ella, sin entender la pregunta.

–¿Estás en la época fértil de tu ciclo menstrual?

–No lo sé.

–¿Cuándo has tenido el último periodo? –le preguntó él.

Y ella debió de mirarlo con sorpresa, porque Brandon añadió:

–Después de lo que acabamos de hacer, creo que podemos ahorrarnos los eufemismos.

Tenía razón.

–Fue... hace más o menos una semana.

–Entonces, no debería haber problema –dijo él, bastante tranquilo.

–Sí, pero ¿cómo es que sabes tanto de este tema?

–Porque soy ranchero. Me dedico a criar animales.

–Pero estás... demasiado tranquilo.

–¿De qué serviría disgustarse? ¿Para qué perder el tiempo preocupándose antes de saber si tenemos algún motivo?

Paige pensó que tenía razón, y que Brandon era un hombre único.

Por un momento, intentó imaginarse cómo sería tener un hijo con él. Cómo sería el bebé. Si tendría su pelo rubio oscuro y sus hoyuelos en las mejillas. Se preguntó qué clase de padre sería.

Entonces se dio cuenta de lo que estaba haciendo y sacudió la cabeza. ¿Tener un hijo con Brandon? ¿En qué estaba pensando? Una cosa era tener una aventura y otra muy distinta, considerar tener una relación seria con él. Eran demasiado diferentes. Y ella no estaba preparada para crear una familia.

Tal vez aquella aventura no fuese tan buena idea. Tal vez fuese mejor ponerle fin en ese momento, antes de que las cosas se le fuesen de las manos.

Pero entonces Brandon empezó a besarla otra vez y a acariciarla, y se derritió. Decidió que volvería a hacer el amor con él solo una vez, pero luego lo hicieron no una, sino dos veces más, y cuando terminaron estaba tan cansada que no tenía la energía necesaria para echarlo de la cama. Además, Brandon era muy cariñoso y hacía mucho tiempo que nadie la mimaba, así que se durmió entre sus brazos y a la mañana siguiente, cuando despertó, lo encontró a su lado, sonriendo y despeinado.

–Deberíamos levantarnos. He quedado con mi profesor a las once.

Ella se alisó el pelo con la esperanza de no parecer una loca.

–¿Y qué hora es?

–Las nueve y diez.

¿Las nueve y diez? Miró el reloj para asegurarse de que era esa hora. Ella nunca se levantaba más tarde de las seis de la mañana. Nunca. Y llevaba dos días haciéndolo. Aunque tampoco solía pasarle la noche con un hombre en la cama. Pero eso se había terminado y tenía que decírselo a Brandon lo antes posible.

–Tengo que irme al despacho.

–¿Qué tal si nos damos una ducha?

–Ve tú primero.

Él sonrió con malicia.

–Estaba pensando que, si queremos ser responsables con el medio ambiente y ahorrar agua deberíamos ducharnos juntos.

Su sonrisa era contagiosa. Tal vez pudiesen aplazar la conversación una hora más o menos.

–Totalmente de acuerdo.

–Con un poco de suerte –le dijo Brandon, tomando otro preservativo antes de ir hacia el baño–, hasta te frotaré la espalda.

El coche de Paige seguía aparcado en el trabajo, así que Brandon tuvo que llevarla.

Se habían entretenido frotándose la espalda el uno al otro, así que no llegaron hasta después de las diez. Y como Paige no había logrado decirle que debían terminar con aquello inmediatamente, decidió que tal vez continuar con su aventura unos días no fuese tan mala idea. Una semana o dos más. O tres.

Un mes como mucho.

–¿Por qué no entras conmigo y fijamos un día para hablar de todo lo relativo a la gala? –le sugirió.

–Claro.

Brandon apagó el motor y salieron de la camioneta. La siguió hasta la puerta y esperó a que la abriese.

Ella entró, encendió las luces y pensó que aquello era surrealista. Solo hacía dos días que había conocido a Brandon, en aquella misma habitación. Desde entonces, toda su vida se había visto alterada. Tenía la sensación de haber cambiado para siempre.

O tal vez le estuviese dando demasiada importancia a aquello. Tal vez, cuando lo suyo hubiese terminado, las cosas volverían a la normalidad y pensaría en Brandon como en cualquier otro de los hombres con los que había salido.

Aunque, sin saber por qué, lo dudaba.

Se sentó en su sillón y encendió el ordenador. Brandon se sentó en una esquina del escritorio, a su lado.

—¿Cuándo vas a estar en la ciudad?

—He pensado que podría quedarme unos días por aquí, en vez de volver a casa esta tarde.

Paige no pudo evitar preguntarse si aquello tendría algo que ver con ella. No quería que tuviese problemas con su jefe por su culpa.

—¿Estás seguro de que puedes hacerlo? ¿Que no va a importarle a tu jefe?

—No le importará, confía en mí.

—Bueno, entonces, ¿qué tal el miércoles a las cinco? Es para aprovechar que tengo que ir al club de tenis para ver las mantelerías.

Brandon frunció el ceño.

—¿Quieres que quedemos en el club de tenis?

—Es donde va a celebrarse la gala. ¿Tienes algún problema con ir allí?

—No, no, ninguno —contestó Brandon con poca convicción.

Eso la confundió. Quizás estuviese preocupado con sentirse fuera de lugar en el club, dado que era un lugar muy exclusivo. Hasta ella se sentía un poco intimidada.

–¿Sabes cómo llegar?

–Seguro que lo encontraré.

–Estupendo. Pues nos veremos allí a las cinco –le dijo, cerrando el ordenador y poniéndose en pie.

–Será mejor que me marche –dijo él.

Paige lo acompañó hasta la puerta.

–Anoche lo pasé muy bien –comentó Brandon, girándose a mirarla.

–Yo también.

Mucho más que bien.

–Podríamos repetirlo alguna vez.

–¿Qué haces el viernes por la noche? –le preguntó Paige sin pensarlo.

A él pareció sorprenderle un poco la pregunta.

–Creo que nada. ¿Por qué?

–Porque podría invitarte a cenar.

–Sé que tienes mucho trabajo. ¿Estás segura de que tendrás tiempo?

Si no lo tenía, lo sacaría de donde fuera, pero estaba segura de que quería volver a verlo, quería pasar la noche con él y despertar entre sus brazos. Y aunque el viernes estaba demasiado lejos, no podía permitir que un sexo estupendo, increíble, la distrajese de lo que era importante de verdad.

–Estoy segura.

Brandon sonrió.

–Entonces, encantado.

–¿A las siete te parece bien?

–Sí –contestó, levantando la mano para acariciarle la mejilla.

A Paige le temblaron las rodillas y se dio cuenta de que Brandon no quería irse.

–Tengo que dejarte trabajar –le dijo este.

Ella se puso de puntillas y le dio un rápido beso de despedida. Bueno, iba a ser rápido, pero sus labios sabían tan bien, olía tan bien, que sin querer le puso los brazos alrededor del cuello y se apretó contra él, que estaba excitado. Ella también lo estaba.

Pasó la mano por su erección y lo oyó gemir.

Luego le mordisqueó el labio inferior antes de preguntarle:

–¿A qué hora tenías que ver a tu profesor?

–A las once.

Solo eran las diez y cuarto, así que tenían un rato para divertirse.

–No sé tú, pero yo nunca lo he hecho encima de un escritorio –le dijo.

Brandon la miró con los ojos brillantes.

–Me estás poniendo muy difícil hacer las cosas bien.

–Sí –le respondió Paige sonriendo y sacándole la camisa de los pantalones–, pero a veces ser malo sienta muy bien.

Capítulo Nueve

El domingo, Brandon se sentó en la cama del hotel y pensó en los últimos días. Le sorprendía que, en un solo fin de semana, hubiese cambiado tanto su percepción de las mujeres y de las relaciones.

En los dos últimos días con Paige había tenido más sexo que en los últimos tres meses con Ashleigh.

Tal vez eso tenía que haberle hecho pensar que algo iba mal, pero había dado por hecho que era solo una fase, que ambos estaban muy ocupados y que, después de la boda, volverían a desearse como antes.

Sí, Ashleigh había estado muy ocupada acostándose con otro. Delante de sus narices, que tal vez fuese lo peor, saber que había estado tan ciego que no había visto lo que ocurría en su propia casa o, en ocasiones, en sus establos.

Pero en esos momentos intentó recordar por qué había querido casarse con ella y no lo consiguió.

Por aquel entonces, le había parecido lo lógico, tal y como iba su relación.

Había querido a Ashleigh a su manera, pero

lo que había sentido por ella no se parecía en nada a lo que, solo en unos días, había empezado a sentir por Paige. No era exactamente amor. Y todavía no sabía adónde les llevaría aquella relación, ni si estaba preparado para tener una relación estable.

Solo sabía que, después de la traición de Ashleigh, había pensado que no volvería a confiar nunca en otra mujer, pero Paige era diferente.

No se parecía a ninguna otra mujer que hubiese conocido.

No le importaban la riqueza ni el estatus social. Le interesaba más tener éxito ella que aprovecharse del de otro. Y lo apreciaba por el hombre que era de verdad.

¿Pero cómo reaccionaría cuando se enterase de que había estado mintiéndole?

Y, lo que era peor, si aquella gala era tan trascendental para su carrera, ¿cómo reaccionaría cuando él desenmascarase a Rafe delante de tantas personas importantes?

¿Le echaría la culpa de haber estropeado la celebración, o lo consideraría un error propio?

Y si ocurría esto último, ¿qué se suponía que debía hacer él? ¿Dejarlo todo?

Aunque en esos momentos no sabía si iba a poder destapar algo. Sin poder acceder a los libros de la fundación, no tenía pruebas de nada. Aunque sí tenía un as en la manga.

Un as que no quería utilizar si no era necesario.

Y, al parecer, iba a serlo. Solo faltaban tres semanas para la gala y se le estaba terminando el tiempo.

Se sobresaltó al oír que llamaban a la puerta, ya que solo su capataz y su ama de llaves sabían que estaba allí. Y eran las nueve y media de la noche.

Se levantó de la cama, donde había estado utilizando el ordenador, y fue hasta la puerta.

Se maldijo.

Era Paige. ¿Cómo había averiguado dónde estaba?

Miró a su alrededor para asegurarse de que no había nada que pudiese delatarlo.

Recogió los papeles que había en la cama y los metió en el cajón del escritorio, cerró el ordenador y lo guardó en su funda antes de esconderlo debajo de la cama.

Ella volvió a golpear la puerta y a llamarlo por su nombre.

Brandon se metió la cartera en el bolsillo. No pensaba que Paige fuese a mirar en ella, pero no quería correr riesgos.

Fue de nuevo hasta la puerta y la abrió.

Vio a Paige.

–Eh, ¿qué estás haciendo aquí?

–¿Llego en mal momento? –preguntó, recorriendo la habitación con la mirada, como si esperase encontrarse a alguien más.

–Lo siento. Estaba hablando por teléfono con mi jefe.

Ella frunció el ceño y retrocedió.

–Ah, lo siento. Si tienes que seguir hablando con él, puedo marcharme.

–No pasa nada. Entra.

Paige se quedó donde estaba.

–En realidad, solo he venido a darte esto –le dijo Paige, sacando del bolso un reloj barato que formaba parte de su disfraz.

Brandon lo tomó.

–No sabía dónde estaba.

–En el suelo de mi despacho. Te lo quitaste antes de que… Pensé que podías necesitarlo.

–¿Por qué no entras? –le preguntó Brandon.

Ella negó con la cabeza.

–Tengo que volver a casa.

Brandon pensó que le pasaba algo. Parecía nerviosa. Estaba rara.

–¿Qué ocurre, Paige?

–¿Por qué lo preguntas?

–Porque es evidente que te preocupa algo. Estás incómoda y no sé por qué.

Ella se mordió el labio y bajó la vista a la moqueta verde del suelo.

–Es… una tontería.

–Cuéntamelo.

–Que me había parecido buena idea venir, pero al llamar a la puerta, y como has tardado tanto en abrir, he empezado a pensar que tal vez estuvieses… ocupado.

–Con otra mujer.

Ella asintió.

–Y eso me ha hecho pensar que, en realidad, no tengo ningún derecho a venir aquí así. Sin avisar. Nos hemos acostado un par de veces, pero eso no significa que tengamos una relación ni que yo pueda presentarme aquí así.

Brandon se apoyó en el marco de la puerta.

–En primer lugar, quiero dejarte algo claro: no hay ninguna otra mujer. No la ha habido desde que rompí mi compromiso y no la habrá mientras esté contigo. Te lo prometo. Y con respecto a nuestra relación, o lo que sea, te guste o no, lo pretendiésemos o no, tenemos una relación. Tal vez dure una semana, o un mes, o cincuenta años. Todavía no lo sé, pero sí que sé que lo nuestro va mucho más allá del sexo.

Paige volvió a morderse el labio y esbozó una sonrisa.

Lo miró con los ojos muy abiertos, de color azul en esos momentos, y Brandon solo pudo pensar en desnudarla y meterla en su cama.

–Y puedes venir cuando quieras aunque sea sin avisar. Aunque siento curiosidad por saber cómo has averiguado que estaba aquí, porque no recuerdo habértelo dicho.

Ella se ruborizó.

–Estaba en el informe que me dio de ti la fundación.

–¿Vas a entrar?

Paige se humedeció los labios y asintió.

–Solo un minuto.

Y él pensó que, en cuanto la tuviese entre sus brazos, sería mucho más que un minuto.

–Perdona por el desorden –le dijo, cerrando la puerta–. Como no viene nadie a verme, no me molesto en recoger mucho.

Paige dejó el bolso en la mesa que había al lado de la ventana y tomó una de las novelas de tapa dura que se le había olvidado esconder.

Brandon pensó que tal vez le había parecido demasiado difícil para su supuesto nivel de lectura, pero, tal vez para no ofenderlo, Paige no hizo ningún comentario y la volvió a dejar en su sitio.

–¿Tienes hambre? –le preguntó–. Me quedan unos restos de pizza.

Ella negó con la cabeza.

–Me he tomado una ensalada hace un par de horas.

–¿Quieres algo de beber? Tengo cerveza y agua mineral.

–No, gracias.

Seguía sin estar del todo cómoda.

–Creo que se nos ha olvidado algo –le dijo él.

Ella se giró a mirarlo. Tenía el ceño fruncido.

–¿El qué?

Brandon se acercó, la abrazó y le dio un beso en los labios. Paige gimió suavemente, puso las manos en su cuello y apoyó su cuerpo contra el de él.

Eso estaba mucho mejor.

Brandon le metió las manos por debajo de la camisa.

–No puedo quedarme –le dijo ella, sin intentar detenerlo.

No se resistió cuando le quitó la camisa, ni cuando le desabrochó los vaqueros y se los bajó, de hecho, levantó los pies para sacárselos.

Ni siquiera intentó detenerlo cuando la tomó en brazos para llevarla a la cama, ni cuando se arrodilló a su lado para bajarle las braguitas.

No le dijo que no cuando le separó las piernas, agachó la cabeza y le acarició el sexo con la lengua.

Y no se quejó cuando le hizo llegar al orgasmo no una vez, sino dos.

Después de hacer el amor, con ella entre los brazos, Brandon tuvo la certeza de que no iba a marcharse a ninguna parte hasta la mañana siguiente.

Y no podía conformarse con menos.

Y no quería conformarse con menos.

Paige no había pretendido pasar la noche en la habitación de Brandon, pero cuando se despertó eran las siete de la mañana.

Tenía que ir a casa y prepararse para volver al trabajo si no quería llegar tarde.

Ella nunca llegaba tarde.

Intentó levantarse sin despertarlo, pero Brandon la agarró.

–¿Adónde vas? –le preguntó con voz somno-lienta, acariciándole un pecho.

Y ella, como la noche anterior, fue incapaz de decirle que no. No había pretendido que ocu-rriese aquello, ni implicarse tanto, pero Brandon tenía razón.

Le gustase o no, tenían una relación. Aunque todavía no sabía si era solo sexo o algo más.

Lo cierto era que, en esos momentos, no le importaba. Porque sabía que, antes o después, era inevitable que se terminase.

No llegó a casa hasta más de una hora más tar-de. Y eran las nueve y cuarto cuando entró en el despacho.

Cheryl ya estaba allí.

–Es la primera vez que llegas a esta hora –co-mentó.

–Lo siento –dijo Paige.

–Parece que no has dormido mucho esta no-che –continuó Cheryl.

–Me quedé trabajando hasta tarde –mintió ella.

–Mientes fatal –le dijo Cheryl, cruzándose de brazos–. Y estás radiante.

¿Radiante?

–No es verdad.

–Sí. Brillas como un árbol de Navidad.

Cheryl apoyó ambas manos en el escritorio de Paige.

–Quiero saber qué está pasando. ¿Estás salien-do con alguien a mis espaldas?

–No exactamente.

–¿Está casado? ¿Por eso no me lo has contado, no?

–¡Por supuesto que no! Si no te lo he contado es porque lo conocí el viernes.

–Ah –dijo Cheryl decepcionada–. Tenía que habérmelo imaginado, al ver que no regresabas cuando te fuiste con el señor Dilson, pero... –se interrumpió y abrió mucho los ojos–. ¡Dios mío! ¿Estás saliendo con Brandon Dilson?

Paige notó que le ardían las mejillas.

–¡Oh, Dios mío, estás saliendo con él! ¡Te has ligado al vaquero!

–No te emociones. Es solo una aventura. No va a llegar a nada.

–¿Por qué, porque no es rico y poderoso? ¿A quién le importa? ¡Está tremendo!

A ella le importaba.

Aunque ni tampoco era eso exactamente, se trataba de algo más.

Era que querían cosas diferentes en la vida y uno de los dos tendría que renunciar a todo si en algún momento querían estar juntos.

Cheryl suspiró.

–Ha sido increíble, ¿verdad? Quiero decir que hay tipos que los ves y sabes que van a ser increíbles en la cama.

–Ha sido más que increíble –admitió Paige.

Cheryl se dejó caer en el sillón.

–Tengo celos. ¿Sabes cuánto tiempo hace que no conozco a nadie con quien me apetezca acostarme? Además, a los hombres no les gustan las mujeres rellenitas.

—No se lo puedes contar a nadie.

—¿A quién se lo iba a contar?

—No sé, pero dado que es un cliente, se trata de un serio conflicto de intereses.

—Paige, cielo, estás organizando una fiesta. Sé que es importante para ti, pero no es como si el destino del mundo estuviese en tus manos. Dudo que le pueda importar a alguien.

Paige estaba de acuerdo, pero sabía que le sería muy fácil enamorarse de él y necesitaba tener los pies en el suelo.

Brandon era sincero y trabajador, pero ella no estaba dispuesta a volver a vivir de modo parecido a la pobreza de su niñez.

Sabía que a él le encantaba su trabajo y que tenía la intención de conservarlo.

Lo que significaba que, si quería estar con él, tendría que ser ella quien abandonase el suyo.

Y no podía hacer algo así. No se imaginaba siendo la esposa del capataz de un rancho ni viviendo con su sueldo.

No se trataba de comprar cosas caras, sino de tener una estabilidad económica.

—¿Y qué piensa él de que solo sea una aventura?

—¿Qué va a pensar? Es un tío. No va a rechazar el sexo sin compromiso.

–Pues tú no pareces tan segura de querer solo eso –le dijo Cheryl.

–Sé muy bien lo que quiero –respondió ella.

La cuestión era si Brandon lo sabía.

Capítulo Diez

Brandon estaba sentado en su camioneta, en el aparcamiento del club de tenis de Vista del Mar. Tenía miedo de entrar.

Cuando se había marchado de la ciudad quince años antes, jamás había imaginado que volvería a aquel lugar. Ni le apetecía hacerlo. Le traía demasiados recuerdos que prefería enterrar, pero no tenía elección.

Iba a abrir la puerta para salir cuando le sonó el teléfono. Vio en la pantalla que se trataba de Clint Andersen, su capataz. Respondió.

–¿Qué ocurre?

–Hola, jefe. Siento molestarte, pero me acaba de llamar el ganadero de Texas. Quiere venir a ver otra vez las yeguas. Estará por aquí el sábado.

–¿Este sábado?

–Sí. Dice que puede pasar entre las ocho y las nueve de la mañana antes de volver a casa. A mí me parece que está interesado en comprar.

Brandon se maldijo. Se suponía que iba a cenar con Paige el viernes por la noche, pero tendría que volver al rancho para asegurarse de que la operación salía bien. Así que tendría que quedar con Paige otro día.

–Dile que de acuerdo. Allí estaré.

Colgó y salió de la camioneta. Avanzó por el aparcamiento, pasando por delante de coches deportivos, BMW y Mercedes, hasta llegar a la puerta del club.

Una vez allí, dudó un instante antes de abrir la puerta y entrar. El interior no había cambiado. Apestaba a elegancia y dinero.

Durante los meses de verano, cuando no estaba en el rancho, el club había sido como su segunda casa.

Sintió ganas de dar una vuelta, pero temió que alguien pudiese reconocerlo, a pesar del sombrero, las gafas de sol y los quince años más que tenía.

No pudo evitar recordar la noche en que su vida había cambiado. Había vuelto a casa, después de estar en el club, y había oído discutir a sus padres, lanzarse acusaciones y palabras de odio. Y había pensado que tal vez fuera la pelea definitiva.

E incluso lo había deseado.

Había deseado que su padre se marchase y que su madre pudiese ser por fin feliz, que dejase de anestesiarse con alcohol y pastillas.

Había oído salir a su padre de la habitación con el pretexto de que tenía que ir a una cena de negocios, aunque probablemente fuese a ver a su última amante, y había esperado un rato antes de entrar él.

Quería dar tiempo a su madre para calmarse,

porque sabía que no le gustaba que la viese llorando, y cuando había entrado, se la había encontrado inconsciente en el suelo de la habitación.

Había llamado a urgencias y había ido con ella en la ambulancia mientras intentaban reanimarla, pero no había sido posible.

Si hubiese entrado antes en la habitación, tal vez habría llegado a tiempo. Si su padre hubiese sido capaz de mantener la bragueta cerrada, su madre no habría sido tan infeliz y no se habría quitado la vida.

Después de aquello, había dejado de ir al club. No soportaba oír a la gente susurrar y hacer conjeturas. Porque, aunque se había dicho que su madre había muerto de manera accidental, todo el mundo sabía que se había suicidado.

Intentó apartar aquello de su mente. No era el momento de revolver el pasado.

Había quedado con una mujer que, por primera vez en la vida, lo veía tal y como era. No veía un nombre ni una cuenta bancaria. Solo a un hombre.

Entró en el salón en el que iba a celebrarse el banquete y chocó con un hombre. Era la última persona con la que habría querido encontrarse.

Rafe Cameron.

–Lo siento –murmuró, con la cabeza agachada.

–Disculpe –le dijo Rafe, mirándolo con el ceño fruncido–, pero esto es un club privado.

Brandon suspiró aliviado, no lo había reconocido.

–Brandon, ya estás aquí –dijo Paige, acercándose desde el otro lado del salón.

Iba vestida de traje, con unos altísimos tacones y el pelo recogido. Y a pesar de no estar de buen humor, no pudo evitar sonreír al verla.

–Señorita Adams, ¿conoce a este hombre? –preguntó Rafe.

–Señor Cameron, este es Brandon Dilson. Va a recibir el premio de la fundación. Brandon, este es Rafe Cameron, su fundador.

–Señor Dilson, enhorabuena –le dijo Rafe sin disculparse, en tono arrogante.

Brandon no tuvo elección. Tuvo que darle la mano y sonreír con educación.

–Encantado.

Rafe se giró hacia Paige.

–Se me ha olvidado preguntarle dónde van a poner el escenario –le dijo.

Ella se giró y señaló hacia el otro lado del salón.

–Creo que allí. Es lo que nos ha recomendado el club.

Brandon se dio cuenta de que Rafe le miraba el trasero a Paige mientras esta estaba de espaldas y tuvo que hacer un enorme esfuerzo para no darle un puñetazo o para no agarrar a Paige y darle un beso delante de él.

Paige volvió a girarse hacia Rafe y le dijo:

–Si lo prefiere en otro sitio, seguro que podemos arreglarlo.

–No, no será necesario.

–¿Seguro?

Él le sonrió de oreja a oreja.

–Usted es la experta –respondió, mirándose el reloj–. Tengo una reunión. Me alegro de verla de nuevo, señorita Adams, y ha sido un placer conocerlo, señor Dilson.

Brandon no podía decir lo mismo. Asintió y se metió las manos en los bolsillos.

–¿Así que ese es tu jefe? –le preguntó a Paige cuando Rafe se hubo marchado.

–En realidad, no –respondió ella–. Yo soy mi propia jefa. Aunque sí se puede considerar mi cliente. No obstante, no suelo tratar con él, sino con Ana Rodríguez. ¿Por qué me lo preguntas?

–Porque me ha parecido un cretino.

Paige frunció el ceño.

–¿Por qué dices eso?

Brandon se encogió de hombros.

–Es solo una opinión.

–Pensé que le dabas a todo el mundo el beneficio de la duda.

¿Eso le había dicho? Lo que no podía contarle era que ya conocía a Rafe Cameron.

–Te ha mirado el trasero cuando te has girado –comentó–. Me parece poco profesional y chabacano.

Ella sonrió.

Brandon la miró callado.

–Brandon, ¿estás celoso?

–No. Bueno, tal vez un poco.

–Bueno, pues por si te quedas más tranquilo, Rafe Cameron no es mi tipo. Es demasiado… estirado. Ya te he dicho que me gustan más los chicos malos, ¿recuerdas?

Él olió su perfume y deseó besarla, pero se contuvo.

–El señor Cameron es muy exigente y ha estado dos horas repasando todos los detalles de la gala –añadió ella.

–¿Y está satisfecho con tu trabajo?

–Con casi todo. Ha realizado un par de pequeños cambios en el menú. Y me ha repetido un montón de veces que quiere que todo salga perfecto.

Brandon se preguntó qué cara pondría Rafe cuando destapase su engaño en la gala.

No tardaría mucho en saber exactamente qué era lo que ocurría. Tenía un amigo de la universidad experto en acceder a información de sistemas informáticos y, si todo salía bien, no tardaría en enviarle una copia de los archivos contables de la fundación. Luego se los pasaría a un conocido que era contable, que los analizaría y le diría si había algo sospechoso en ellos.

No iba a ser barato, y a Brandon no le gustaba hacer cosas que no fuesen legales, pero merecía la pena.

Lo único que le preocupaba era afectar a Paige, aunque era posible que nadie la culpase de algo que estaba completamente fuera de su control.

Eso no significaba que ella no fuese a enfadarse cuando se enterase de la verdad. O, tal vez, teniendo en cuenta que también había tenido un pasado complicado, comprendería su necesidad de enmendar sus errores. Y apreciaría sus esfuerzos por salvar la ciudad y el modo de vida de todas las personas que dependían de la fábrica. Si los rumores eran ciertos, Rafe tenía planeado dividir Industrias Worth y venderla por partes, lo que sería muy perjudicial para la economía local. Por eso él tenía que hacer algo, y pronto. Si le demostraba a toda la ciudad que la fundación era un fraude, tal vez esta se levantase contra Rafe y luchase para salvar la fábrica. Así, no solo saldría ganando la ciudad, sino que su propia familia se vería vengada.

No quería hacerle daño a Paige, pero aquello lo superaba. Los superaba a ambos, y tenía que hacérselo entender.

–Bueno –empezó Paige, girándose hacia los ventanales que daban al mar–, ¿qué te parece el salón? ¿No es perfecto?

–Bonitas vistas –respondió Brandon.

La última vez que había estado allí había sido en un baile del instituto. Su último año en el instituto. Después, su padre lo había mandado a un internado en la costa este. Era cierto que había sido un muchacho complicado, que incluso había estado al borde de la delincuencia juvenil. Había sentido resentimiento por su padre, por haber hecho que su madre se suicidase y por eso había querido ponerle las cosas difíciles.

Había pedido a gritos que le dedicasen atención, pero su padre ni siquiera había intentado acercarse a él. Solo había tenido tiempo para su princesa, Emma. De hecho, le había dicho a Brandon que ella era el motivo por el que lo mandaba a un internado, para que su comportamiento no la afectase.

Así que casi no había tenido tiempo de llorar la pérdida de su madre cuando lo habían separado de su familia y le habían obligado a hacer amigos nuevos. Cosa que, hasta entonces, siempre le había resultado fácil.

No obstante, la adaptación había sido muy dura. Por eso no había vuelto a ver a su familia en todos aquellos años. Y desde que había comprado el rancho, ocho años antes, ni su padre ni su hermana habían ido a verlo a él. Ni siquiera los había invitado a la boda. Por desgracia, en la gala tendría que verlos a ambos, y no tenía ningunas ganas.

Deseó poder hablar con Paige y contarle todo aquello. No era de los que hablaban de sus sentimientos, pero sabía que ella lo comprendería. Al fin y al cabo, su madre también la había abandonado al entregarse al alcohol en vez de pensar en su hija.

Si él tenía hijos alguna vez, haría las cosas de

otra manera. Aprendería de los errores de sus padres. El bienestar de sus hijos sería su prioridad, pero antes tenía que encontrar a la persona adecuada para tenerlos. Alguien con quien pudiese pasar el resto de su vida.

¿Podría ser Paige esa mujer?

–¿Por qué no damos un paseo por el exterior antes de empezar? –le sugirió esta, señalando hacia las puertas de cristal que daban a un porche con vistas a la cala.

Brandon asintió y la siguió. La brisa era fresca y la cala estaba prácticamente vacía. Había un par de niños jugando en la arena, bajo la atenta mirada de unas mujeres jóvenes que debían de ser sus niñeras, no sus madres, pero el agua estaba demasiado fría para meterse.

El aire le soltó varios mechones del pelo a Paige y ella se los metió detrás de las orejas.

–Cuando veo tu pelo así me entran ganas de despeinarte –le dijo él.

–De eso quería hablarte –le dijo ella–. No de mi pelo, sino de nuestra… relación.

–De acuerdo.

–Sé que ya hemos hablado del tema, pero quiero dejar las cosas claras. Es una relación informal, ¿verdad?

–Ese era el plan, sí.

Paige parecía aliviada.

–Bien. Es solo… que no estaba segura de haber sido lo suficientemente clara.

–Sí, ya lo fuiste la primera vez.

Era irónico, que en la mayoría de las relaciones que había tenido, siempre hubiese sido él quien hubiese querido dejar claro que eran relaciones sin compromiso.

Había estado más de un año con Ashleigh antes de considerar que su relación era una relación seria. Y cuando por fin encontraba una mujer que lo veía tal y como era, alguien con quien quizá desease tener algo serio, era ella la que tenía problemas con el compromiso.

Aunque él tampoco estuviese preparado para comprometerse en esos momentos, sabía que podía llegar el momento y, si así era, haría todo lo que estuviese en su mano para convencer a Paige de que era lo mejor. Porque aunque se hiciese la dura, en realidad era frágil y vulnerable.

—No tiene mucho sentido pensar en una relación seria si voy a marcharme de la ciudad el día después de la gala —le dijo él.

Lo que le daba dos semanas y media para decidir adónde iba a ir a parar su relación.

—Entonces, divirtámonos hasta entonces.

Él sonrió.

—Encantado, sobre todo, si nos divertimos sin ropa.

—Sí —admitió ella, avanzando un paso y humedeciéndose los labios, como si fuese a darle un beso, pero antes de hacerlo, retrocedió—. Aquí no podemos hacerlo.

—¿Hacer el qué? —le preguntó Brandon, acercándose más.

Paige volvió a retroceder.

—Lo que estás pensando. Besarnos, tocarnos.

—Meter la mano debajo de tu falda y…

—Exacto.

—¿Llevas liguero, como el otro día?

Ella frunció el ceño.

—¿Cómo sabes que lo llevaba?

—Porque se te levantó la falda al subir a la camioneta y lo vi. Resulta que es una de mis prendas favoritas.

—Pues tal vez lo lleve hoy también.

—Necesito comprobarlo.

—Aquí, no.

—No nos ve nadie —le dijo él, abrazándola por la espalda y metiendo la mano debajo de su falda.

—Brandon, por favor —le rogó ella, aunque no quisiese que parase.

Él le dio un beso en el cuello y le subió un poco más la falda. Entonces vio que llevaba un liguero de encaje rojo.

Supo que debía parar, pero le metió la mano entre los muslos y la hizo gemir. Le acarició el sexo y notó cómo se le entrecortaba la respiración y apretaba las piernas.

Iba a meter los dedos por debajo de las braguitas de encaje cuando oyó voces acercándose desde el aparcamiento, así que sacó la mano y retrocedió.

Paige se giró a mirarlo, se alisó la falda y le dijo en voz alta:

—¿Volvemos dentro, señor Dilson?

Brandon sonrió. Paige tenía las mejillas sonrojadas y los ojos de un color violeta muy intenso.

–Por supuesto, señorita Adams.

Pasó delante de ella para abrirle la puerta y una vez dentro, Paige le dijo en un susurro:

–No puedo creer que te haya permitido hacer eso. No sé lo que me pasa.

–¿Te ha gustado?

–Claro que sí.

–Pues asúmelo, guapa, en el fondo eres una chica mala. Tan mala que deseas que te lleve a algún lugar donde pueda desnudarte.

Supo que Paige quería darle la razón, pero se resistió.

–Tengo que prepararte para la gala. Se nos está acabando el tiempo.

–Estoy seguro de que, siendo creativa, podrías enseñármelo todo en tu cama.

–No.

Él alargó la mano para acariciarle la mejilla.

–Piensa en lo mucho que nos divertiríamos.

Ella miró hacia el otro lado del salón, donde debía de tener pensado trabajar con él y luego, hacia la puerta. Luego suspiró y dijo:

–Eres una mala influencia para mí.

Brandon sonrió.

–Y eso te encanta.

Ella le dio la razón con una sonrisa.

–Voy a por mi maletín y marchémonos de aquí.

Capítulo Once

Aunque Paige había pensado que no era posible, el sexo con Brandon era cada vez mejor.

Nada más llegar a su apartamento, habían empezado a besarse y a quitarse la ropa. Brandon parecía saber qué debía hacer exactamente para volverla loca.

Después de hacer el amor, ensayaron para la gala con Brandon desnudo. Y luego volvieron a hacer el amor. Después, Paige debía haberse vestido para volver al despacho a terminar los preparativos de una boda que tenía al fin de semana siguiente, pero, en su lugar, se quedaron en la cama, sudorosos, agotados, con las piernas entrelazadas, acariciándose.

–¿Qué prefieres que prepare para cenar el viernes, comida italiana o mexicana? –le preguntó.

–Precisamente de eso quería hablarte –le contestó él–. No va a poder ser.

A Paige le sorprendió sentirse tan decepcionada, pero intentó que no se le notase. Tenían una relación informal, que Brandon cancelase una cena no tenía importancia.

–Ah, bueno, no pasa nada.

–No es que no quiera venir, sino que tengo que estar en el rancho el sábado por la mañana para ver a un ganadero. Está en juego una venta muy importante.

–¿No debería ser tu jefe quien se ocupase de eso?

–Lo haría en circunstancias normales, pero se marcha de viaje ese fin de semana y quiere que esté yo en su lugar.

–Eso está bien, ¿no? Quiero decir, que confíe tanto en ti.

–Sí, pero odio tener que cancelar la cena. Tal vez podríamos posponerla al sábado. A no ser que…

Paige lo miró, parecía pensativo.

–¿Que qué?

–Que quieras… acompañarme.

–¿Al rancho?

–Podríamos ir el viernes cuando terminases de trabajar y volver el domingo por la mañana temprano. Solo perderías un día de trabajo. Piénsalo.

Paige pensó que podía permitirse perder un día, dado que la organización de la gala iba muy avanzada y su reunión con el señor Cameron unas horas antes había salido muy bien.

–¿Y dónde dormiría?

Él sonrió.

–No te preocupes, que no te voy a meter en el barracón con los hombres, si es eso lo que estás pensando.

–Me preguntaba si habría algún hotel cerca del rancho.

–A mi jefe no le importará que utilicemos una de las habitaciones que hay libres en la casa principal. Además, podemos ir a dar un paseo hasta el río y montar a caballo. Y te llevaré al pueblo, seguro que te gusta Wild Ridge.

La oferta era tentadora, aunque cualquier cosa que le hubiese propuesto Brandon le habría parecido bien.

–¿Estás seguro de que a tu jefe no le importará?

–Completamente.

Había algo en su mirada que decía que aquello era muy importante para él. Y Paige no podía negar que sentía curiosidad por ver dónde vivía. Por verlo en su elemento. Además, solo sería un día. Uno de los diecisiete que les quedaban juntos. Y quería pasar el máximo tiempo posible en su compañía.

–Entonces, iré –le dijo–. Estoy deseando ver el rancho.

Brandon sonrió. Era evidente que estaba contento y eso la ponía contenta a ella también.

–¿A qué hora podrás estar lista el viernes? –le preguntó él.

–¿Qué tal sobre las seis?, y ¿qué ropa debo llevar?

–Cómoda. Por el día hace calor y por la noche, frío.

–¿Me llevo el pijama de franela?

–No voy a dejar que te pongas pijama –respondió él, dándole un apasionado beso.

Luego empezó a acariciarla otra vez y, a pesar de que Paige necesitaba descansar, no pudo decirle que no. En esa ocasión hicieron el amor muy despacio, de manera tierna y dulce. Cuando terminaron y Brandon se levantó de la cama para vestirse, no quería dejarlo marchar, así que lo agarró de la mano para que volviese a su lado.

–Es tarde. ¿Por qué no te quedas a dormir?

–¿Estás segura? –le preguntó él.

–Sí –le respondió, tirándole de la mano para que se metiese de nuevo en la cama.

Un rato después, tumbada a su lado, escuchando su respiración, lenta y profunda, sintiendo el calor de su cuerpo desnudo, sintió una paz interior, una felicidad, que le era completamente ajena. Nunca había sentido aquella necesidad de estar tan cerca de un hombre.

¿Sería eso lo que sentía uno al enamorarse? ¿Acaso era posible hacerlo en menos de una semana?

Si era amor, tenía menos de tres semanas para superarlo. Porque aunque ella quisiese más de aquella relación, era evidente que Brandon no. Y era normal, después de lo que le había hecho su prometida. Además, aunque considerase en algún momento volver a casarse, dudaba que quisiera hacerlo con alguien como ella. Eran demasiado diferentes. No obstante, podían disfrutar del tiempo que les quedaba juntos.

Aunque luego sufriesen un poco al separarse. O mucho.

Decidido. Se había vuelto completamente loco.

¿Cómo podía haberle pedido a Paige que lo acompañase al rancho? Era evidente que no había pensado antes de hablar, porque iba a ser una pesadilla logística.

–¿Estás loco? –le preguntó su ama de llaves, Ellie, cuando la llamó para contárselo el jueves por la tarde.

Solo había dos personas que sabían lo que estaba haciendo en Vista del Mar y una de ellas era ella.

–Creo que sí –le respondió.

Ya no podía echarse atrás. Paige parecía emocionada con la idea de acompañarlo y lo cierto era que él también quería llevarla. Quería compartir una parte de su vida con ella.

Estaría bien poder hacerlo sin descubrir su tapadera.

–¿Puedes preparar la habitación que hay al lado de la mía y poner sábanas limpias en la cama? –le pidió a Ellie–. Nos instalaremos allí.

–¿No quieres dormir en tu habitación?

–¿Piensas que va a creerse que mi jefe me deja su dormitorio?

–Es verdad.

–También necesito que recorras la casa y quites cualquier cosa en la que aparezca mi nombre, o fotografías en las que salga yo.

–Eso no me va a costar mucho, porque solo tenías fotografías con la fresca esa, y las quemaste todas.

A Ellie nunca le había caído bien Ashleigh, siempre había pensado que era una niña mimada y egoísta. Y Ashleigh había insistido muchas veces en que despidiese a Ellie, quejándose de que la miraba mal y la trataba como a una extraña. Desde que la había echado al descubrir el engaño, Ellie se refería a ella como «la fresca».

Ellie, una mujer menuda, pero con carácter, había sido como su madre desde que había llegado al rancho. En ocasiones lo trataba más como un adolescente que como a su jefe, pero él la adoraba.

–¿Qué vas a hacer con los hombres? –le preguntó.

–Clint va a hablar con ellos.

Su capataz era la otra persona que conocía su plan.

–Seguro que alguno mete la pata y te llama jefe.

–Paige piensa que me van a dar el puesto de capataz cuando vuelva al rancho, así que utilizaré esa excusa si ocurre. Mientras que nadie utilice mi nombre completo, no habrá ningún problema.

–Aun así, creo que estás jugando con fuego. Lo que significa que te debe de gustar mucho esa mujer. ¿Cuánto tiempo hace que la conoces, una semana?

—Ni siquiera.

—A la fresca tardaste tres semanas en traerla.

—Paige es distinta a las demás. Piensa que soy un peón de rancho sin estudios y parece que no le importa. Y ambos tenemos en común una niñez muy difícil. Me gusta. Me siento bien cuando estoy con ella. Y el sexo…

—¡Entendido! –gritó Ellie.

Brandon se echó a reír.

—Se va a llevar una buena sorpresa cuando se entere de la verdad –añadió ella.

—Supongo que sí.

Sobre todo, porque podía destrozar su reputación profesional. Y, aunque no tenía elección, en los últimos días había empezado a desear no averiguar nada malo de la fundación. Si sus sospechas eran ciertas podía hacerle daño a mucha gente. A Ana, que dirigía la fundación, e incluso a su hermana Emma, que estaba en la junta. Por no mencionar a los voluntarios.

—Es posible que se enfade contigo.

—Sí, lo sé.

De hecho, era inevitable. La cuestión era cuánto se enfadaría.

—Si de verdad te importa, ¿crees que merece la pena arriesgarse?

—No tengo elección. Tengo que hacerlo. Por los habitantes de Vista del Mar.

—¿Estás seguro de que lo haces por ellos? Sé

que sientes que le fallaste a tu padre. ¿No estarás intentando aliviar tu culpabilidad.

Un mes antes habría tenido clara la respuesta a esa pregunta. En esos momentos, ya no estaba tan seguro.

Capítulo Doce

Paige no sabía nada de ranchos, pero nada más llegar a la carretera que llevaba al Copper Run se dio cuenta de que era muy grande. Enclavados en un valle verde de las montañas San Bernardino, la casa principal, el granero y los establos no eran para nada lo que ella había imaginado.

Le dio vergüenza admitir que no solo había esperado encontrarse con un negocio mucho más pequeño, sino que también se lo había imaginado más rústico y modesto, más humilde. La casa era casi una mansión, y los establos, enormes. Todo era moderno y estaba bien mantenido.

Los pastos verdes rodeados de vallas blancas parecían interminables y había en ellos más caballos de los que se podían contar a simple vista, y de todos los tamaños y colores. Las vistas al llegar a la casa, con el sol poniéndose sobre los picos nevados de las montañas, eran espectaculares, grandiosas.

Era normal que Brandon no quisiera marcharse de allí. Ella llevaba solo un minuto y ya lamentaba que el viaje fuese a ser tan corto.

Brandon detuvo la camioneta delante de la casa y bajaron. Paige aspiró hondo el aire fresco de la montaña y, sin más, notó cómo se deshacía lentamente de todo el estrés acumulado del trabajo.

–¿Qué te parece? –le preguntó Brandon.

–Es precioso.

Había varios hombres cerca de los establos, observándolos. Era evidente que estaban hablando de ellos, pero estaban demasiado lejos para que Paige pudiese oír lo que decían.

–Es un rancho muy grande.

–Sí, señora.

Ella sonrió al oír que la llamaba «señora».

–¿Y estarás a cargo de todo?

–Sí.

Guau. Tal vez no le hubiese dado a su puesto de capataz la importancia que tenía en realidad. Era una enorme responsabilidad.

Brandon sacó el equipaje de la parte trasera de la camioneta.

–Vamos a instalarnos y te lo enseñaré todo.

Estaban subiendo las escaleras del porche cuando se abrió la puerta de la casa y salió una mujer mayor a saludarlos. Era diminuta, llevaba el pelo corto, blanco y rizado, e iba con unos pantalones de poliéster rosa, una camisa hawaiana y zapatillas de deporte.

–Señor Dilson –dijo, sonriendo de manera cariñosa–. Me alegro de que haya vuelto.

–Y yo de estar aquí –respondió él dándole un

abrazo y un beso en la mejilla. Luego se giró hacia Paige–. Ellie, esta es Paige Adams. Paige, Ellie Williams. Ha sido el ama de llaves de Copper Run desde antes de que yo naciese.

–Encantada de conocerla, señorita Adams –dijo Ellie, dándole un fuerte apretón de manos–. ¿Les preparo algo de comer? Hay unos restos de estofado de la cena.

–Hemos cenado antes de salir –le respondió Brandon.

–¿Y si preparo algo de beber mientras se instala su invitada? –preguntó Ellie.

–Yo me tomaría una cerveza –le contestó él–. ¿Y tú, Paige? Estoy seguro de que hay alguna botella de *chardonnay* en la despensa.

Ella pensó que sería abusar demasiado de la amabilidad de su jefe.

–Con un vaso de agua me conformo –respondió.

–De acuerdo –dijo Ellie, abriéndoles la puerta–. He preparado la habitación que hay al lado de la del señor.

Entraron en un enorme salón con las paredes cubiertas de madera y una gran chimenea de piedra. Los muebles parecían prácticos y, al mismo tiempo, eran elegantes y con estilo. Y todo estaba impecable y limpio. En el extremo opuesto al que estaban había unas puertas dobles que debían de dar a la cocina, porque Ellie se dirigió hacia ellas.

–La casa es increíble –comentó Paige mientras

subían las escaleras–. Tu jefe debe de tener mucho dinero.

–Supongo que le va bien –respondió él, haciéndole entrar en una habitación–. Aquí es.

Era una habitación grande, decorada con muebles rústicos, tal vez eran antiguos. La cama no era excesivamente grande, pero eso no era problema, porque solían dormir abrazados. En la mesita de noche había un jarrón con flores, probablemente de los lechos que había plantados delante de la casa.

Brandon dejó el equipaje en la cama.

–Esta habitación no tiene baño, así que tendremos que utilizar el del pasillo.

–No pasa nada.

Brandon se acercó a ella y la abrazó.

–Hemos salido tan deprisa que no hemos tenido tiempo de estar a solas ni un minuto hoy.

–Es verdad.

Se inclinó y la besó en el cuello. Ella suspiró y cerró los ojos.

–¿Qué te parece si dejamos el paseo para mañana y nos metemos en la cama temprano?

Ella lo abrazó por el cuello.

–La verdad es que tengo mucho sueño.

–Pues lo siento, pero no tenía pensado dejarte dormir.

Eso era precisamente lo que había esperado Paige. Y estaba preparada para ello. Como sabía que a Brandon le gustaba la lencería sexy había aprovechado la hora de la comida para ir a comprarse un conjunto de encaje color azul eléctrico de Victoria's Secret. Y se lo había puesto al pasar por casa después del trabajo.

Brandon la besó en la garganta, en la mandíbula, y acababa de llegar a sus labios cuando llamaron suavemente a la puerta.

Paige levantó la vista y vio a un hombre en la puerta, que estaba abierta. Era grande, como Brandon, e iba vestido de vaquero.

–Hola, je… Brandon.

Este la soltó y dijo:

–Paige, este es Clint Andersen, uno de los hombres. Clint, Paige Adams.

–Encantado –respondió el hombre, tocándose el sombrero a modo de saludo–. Siento interrumpir, pero estaba preparando los documentos de mañana y he pensado que deberías echarles un vistazo antes de que los imprima. Ya sabes cómo se me da lo de los ordenadores. Y las yeguas están listas, si quieres verlas también.

–Ahora voy.

Clint asintió.

–Encantado de conocerla, señora –le dijo a Paige antes de desaparecer por el pasillo.

–Supongo que lo nuestro va a tener que esperar –comentó Brandon.

–No te preocupes, lo primero es el trabajo.

Paige pensó que Brandon debía de sentirse orgulloso de poder leer los documentos de la venta. Y ella se sentía orgullosa de él por haberlo conseguido.

–No tardaré.

–No tengas prisa, me entretendré deshaciendo la maleta.

Brandon le dio un beso y fue hacia la puerta, la cerró al salir y Paige oyó el ruido de sus botas al bajar las escaleras.

Se giró hacia la cama y abrió la maleta. No había cajoneras en la habitación, pero sí un enorme armario de pino, que abrió. Solo había perchas vacías y un par de mantas. Sacó la ropa y la guardó. Pensó en vaciar el petate de Brandon, pero le dio miedo que a este no le gustase la idea. Podía tener algo privado dentro.

Volvieron a llamar a la puerta, con más fuerza. Y Ellie preguntó:

–¿Se puede?

–¡Adelante!

La puerta se abrió y Ellie entró con una botella de agua en una mano y una copa de vino en la otra.

–He traído también el vino, por si cambiaba de opinión.

–¿Seguro que no pasa nada?

–¿No es menor de edad, no?

Paige se echó a reír.

–No. Es solo que ya ha sido todo un detalle por parte de su jefe permitir que nos quedemos en la casa. No quiero abusar de su generosidad.

–Le aseguro que no le importará. Le gusta tener invitados en casa.

–¿Trajo Brandon a Ashleigh alguna vez? –preguntó Paige, y al ver el ceño fruncido de Ellie se dio cuenta de que no era asunto suyo. Se ruborizó–. Lo siento. Ni siquiera sé por qué lo he preguntado.

–No pasa nada, pero me sorprende que se lo haya contado. No suele hablar de ese tema.

–Me ha contado que la sorprendió con el capataz.

–Esa mujer le rompió el corazón y, durante un tiempo, pensé que no se iba a recuperar jamás. Hacía mucho tiempo que no lo veía tan contento. Y estoy segura de que tiene mucho que ver con usted.

–Brandon me importa mucho.

–Ya lo veo, pero quiero que sepa que, aunque no lo parezca, Brandon sigue siendo muy vulnerable. Y no quiero que vuelva a sufrir.

Era evidente que a Ellie también le importaba, pero no se daba cuenta de que Brandon no estaba interesado en tener una relación seria con ella. Con un poco de suerte, ninguno de los dos haría daño al otro.

Durante los últimos días, cuando había pensado en no tenerlo cerca, en no ver su sonrisa ni sentir sus abrazos, Paige se había sentido vacía por dentro.

Pero sabía que lo superaría. No tenía elección.

–No he tenido hijos, pero considero a Brandon como si fuese hijo mío.

–Y él tiene mucha suerte de tenerla. Quiero

que sepa que no tengo intención de hacerle daño.

–A veces hacemos daño a los demás aunque no queramos.

Paige estaba de acuerdo. Estaba segura de que su madre no había pretendido hacerle daño, pero se lo había hecho.

Ellie debió de creerla, porque sonrió y le dijo:

–¿Quiere que le enseñe yo la casa mientras vuelve Brandon?

–Me encantaría. Y gracias por las flores. ¿Son del jardín?

–Sí –respondió Ellie orgullosa–. Siempre me han encantado. Aunque, con los años, cada vez me cuesta más cuidarlas. Me duelen las rodillas al agacharme.

–Son preciosas –comentó Paige–. Algunas tienen colores que no había visto nunca antes.

–Vamos a verlas –le dijo Ellie, agarrándola del brazo.

Paige no sabía por qué, pero le parecía importante que el ama de llaves la aceptase. En realidad, era una tontería, porque después de aquel fin de semana no volvería a verla.

Eran las nueve y media cuando Brandon y Clint terminaron de trabajar en el despacho que había encima de los establos.

–Siento haberte entretenido tanto –se disculpó Clint mientras Brandon cerraba el ordenador.

–Lo primero es el rancho –contestó este–. Ya lo sabes.

–La verdad es que tengo ganas de que vuelvas.

Los últimos meses no habían sido sencillos para Clint que, a pesar de llevar cinco años trabajando en el rancho, no tenía experiencia como capataz. Pero la noche que Brandon había sorprendido a Mack, el anterior capataz, con Ashleigh, le había dicho que hiciese las maletas y se marchase para siempre. Y Clint le había parecido el mejor sustituto.

–Sé que has tenido mucha presión y quiero que sepas que has hecho muy buen trabajo –le dijo.

–Lo que Mack te hizo… –comentó Clint–. No debería contártelo, pero la noche que lo despediste, varios hombres lo siguieron hasta el pueblo y le dieron una buena lección.

Brandon hizo una mueca, sabía que tenía varios expresidiarios entre sus hombres, pero eran hombres leales. A él no le gustaba la violencia, pero no le extrañaba que hubiesen reaccionado así.

–Haré como si no lo supiera.

–Solo lo hicieron porque te respetan y porque, aunque todos sospechábamos lo que estaba pasando, ninguno te lo dijimos y después nos sentimos mal.

–Si te sirve de consuelo, no os habría creído. Me tenía atontado.

–Paige es muy guapa.

Brandon no pudo evitar sonreír.

–Sí.

Cada vez estaba más convencido de que no quería que su relación se terminase después de la gala. Sabía que una relación a distancia no sería fácil, pero ya se les ocurriría algo.

Eso, si Paige lo perdonaba por haberle mentido, claro.

–Me quedé muy sorprendido cuando me dijiste que ibas a traerla –añadió Clint–. Hablamos bastante y no me habías dicho que estabas saliendo con nadie.

–Es que la conocí el viernes pasado.

Clint arqueó las cejas.

–Llevo cinco años y medio trabajando aquí y, contando a Ashleigh, solo has traído a tres mujeres. Así que Paige debe de ser muy especial.

–Nunca había conocido a nadie igual.

–Entonces, deberías decirle quién eres. No soy un experto en estas lides, pero creo que una relación basada en mentiras tiene pocas probabilidades de salir bien.

–Lo tendré en mente –le contestó Brandon–. Ahora, tengo que volver con ella.

–Lo sé, vete –le dijo Clint–. Por cierto, te sienta bien la barba. Deberías dejártela cuando volvieses.

–Qué gracia, Ellie me ha dicho que si no me la afeito en cuanto salga a la luz toda la verdad, me la afeitará ella con una navaja.

Clint se echó a reír porque la creía capaz.

–Vete. Yo cerraré el despacho.

Brandon tomó el botellín de cerveza vacío y fue hacia la casa. Era completamente de noche. Había querido dar un paseo con Paige, pero ya no podría hacerlo hasta el día siguiente. Al menos, como los documentos y las yeguas estaban preparados, no tendría que levantarse al amanecer. También esperaba que la compra se realizase pronto y poder disfrutar del día con Paige cuanto antes. Entró en la casa e iba a subir al dormitorio cuando oyó voces en la cocina.

Se acercó y apoyó la oreja en la puerta. Ellie y Paige estaban hablando y riendo, y parecía que se llevaban bien.

Así que tenía tiempo para prepararle una sorpresa a Paige.

Sabía que esta jamás se creería que su jefe le dejaría utilizar su cama, pero seguro que no le parecía tan mal que usasen su bañera.

Capítulo Trece

Paige no sabía cuánto tiempo llevaba charlando con Ellie, pero cuando Brandon se asomó por la puerta se había tomado ya tres copas de vino blanco.

–¿Puedo llevarme ya a mi chica?

Ellie miró el reloj que había encima de los fogones industriales y dijo:

–Dios mío, ¡qué tarde es!

Paige miró el reloj también.

–Bueno –comentó Paige, levantándose de la silla–. Ha sido un placer hablar contigo. Gracias por haberme enseñado la casa. Y por haberme hecho compañía.

Ellie asintió con la cabeza.

–El placer ha sido mío. El desayuno es a las seis en punto –comentó Ellie.

–Guárdanos algo para más tarde –le respondió Brandon.

Luego tomó a Paige de la mano y la sacó de la cocina.

–Veo que has conectado con Ellie –le dijo mientras subían las escaleras.

–Hemos estado muy a gusto.

–Espero que no hayáis hablado de mí.

–La verdad es que no. Hemos hablado mucho de flores, luego le he preguntado cómo era la vida en un rancho y ha estado contándome historias. Yo pensaba que sería más… monótono, pero parece divertido.

–Puede serlo. Aunque el trabajo es duro.

A ella le gustaba el trabajo duro, aunque en un rancho tenía que tratarse de un trabajo más físico.

Brandon la llevó por el pasillo, pero no entró en la habitación. En su lugar, la llevó a la habitación principal.

–¿Qué hacemos aquí? –le preguntó ella.

–Es una sorpresa.

Paige dudó en la puerta.

–Pero ¿no es la habitación de tu jefe?

–Sí, pero no vamos a utilizarla –le dijo, tirando de ella para que entrase.

La habitación estaba a oscuras, así que Paige no pudo ver mucho, pero olía al *aftershave* de Brandon, así que debía de utilizar el mismo que su jefe.

–Cierra los ojos –le pidió él.

Y ella obedeció. Brandon la guió hasta otra habitación, que debía de ser el baño.

–Ya está. Ábrelos.

Los abrió y dio un grito ahogado al ver un *jacuzzi* lleno de agua, rodeado de minúsculas velas. En el borde había una botella de champán y dos copas.

Paige estaba entusiasmada.

No, era evidente que no se iban a levantar a las seis.

—¿Te gusta? —le preguntó Brandon.

—Es increíble, pero ¿estás seguro de que no pasará nada?

—Seguro. De hecho, ha sido mi jefe quien me ha dado la idea. Y me ha dejado el champán para felicitarme por el premio.

Se giró hacia ella y empezó a desabrocharle la camisa. Cuando vio el sujetador, gimió en voz baja.

—¿Te gusta?

Brandon respiró hondo.

—Me gusta —respondió él, acariciándole los pechos.

—Pues aún hay más.

Brandon le desabrochó los pantalones vaqueros y se los bajó.

—Muy bonito.

—He ido de compras a la hora de la comida.

Él la devoró con la mirada.

—Me encante verte con ropa interior tan sexy.

—Y yo me siento sexy con ella puesta. Tú me haces sentir sexy.

—A mí me sobra ropa.

Paige le desabrochó la camisa y se la quitó, y luego hizo lo mismo con los pantalones vaqueros.

—Siento tener que quitártelo —le dijo él, desabrochándole el sujetador—, pero se va a enfriar el agua.

Las braguitas fueron después. Brandon encendió los chorros de agua, se metió en el *jacuzzi* y le tendió la mano. Una vez dentro, la sentó en su regazo y se dispuso a abrir el champán.

–Brandon, es Cristal.

Él se encogió de hombros.

–¿Y?

–Que esa botella cuesta doscientos dólares.

Él la descorchó y bebió directamente de ella, alegre.

–Pues a mí solo me sabe a champán.

Luego sirvió las dos copas y le dio una a Paige, que lo probó. Estaba… exquisito.

–Se me ocurre una manera todavía mejor de tomarlo –le dijo Brandon, levantando la copa y echándole el champán por el hombro, para limpiárselo con la lengua después–. Tenía razón. Delicioso.

–No puedo creer que estés desperdiciando un champán de doscientos dólares.

–No lo estoy desperdiciando. Lo estoy disfrutando. Debías probarlo.

A Paige le dolía tirar algo tan caro, pero decidió hacerle caso y echó un poco de su copa sobre el cuello de Brandon. El sabor fresco y afrutado, mezclado con el sabor salado de la piel de brandon era una mezcla increíble.

Ambos repitieron la operación una y otra vez, hasta que se terminaron la botella. Estaban tan excitados que, cuando hicieron el amor, salpicaron agua por todo el cuarto de baño.

Cuando esta se hubo quedado fría, recogieron el cuarto de baño, se envolvieron en dos enormes toallas y volvieron a su habitación de puntillas, aunque a las once y media de la noche no era probable que nadie los oyese. Según Brandon, allí todo el mundo se levantaba antes del amanecer, así que Ellie debía de acostarse pronto.

Al llegar a la cama volvieron a hacer el amor y luego hablaron un rato, sobre todo del funcionamiento del rancho. Volvieron a hacer el amor y después, ella envuelta en una manta y él en una toalla, bajaron a la cocina a calentar el estofado que había sobrado, que se comieron otra vez en la cama. Eran más de las dos cuando se durmieron abrazados. Paige lo hizo pensando que había sido una noche perfecta, de la que no habría cambiado nada. Se dio cuenta de que se divertía más haciendo cosas sencillas con Brandon que cuando había estado con hombres de gran éxito profesional y económico. Le daba igual que no la llevase a sitios elegantes ni le comprase joyas o una casa, nada de eso podía cambiar lo que sentía por él.

Lo quería.

Se había enamorado sin darse cuenta, pero su tiempo juntos casi había terminado. Eso significaba que tenía exactamente dos semanas para desenamorarse de él.

***

Aquel iba a ser un buen día.

El ganadero había comprado las yeguas y un semental. Y casi no había regateado el precio. Brandon había tenido que hacer algo más de papeleo, pero en esos momentos, con el cheque encima de la mesa y los animales en el camión, ya estaba el trato cerrado.

–Ha ido mejor de lo esperado –comentó Clint al ver desaparecer el camión–. Pensé que iba a intentar que bajases el precio.

–Supongo que sabía que ya era un buen precio. ¿Puedes ensillar a Buttercup y a Lucifer?

–Por supuesto, je… quiero decir, Brandon.

–Anoche casi se te escapa también.

Clint sonrió.

–Lo siento. Es la costumbre. Y seguro que al resto de los hombres les pasa igual, así que mantén a tu amiga alejada de los establos.

–Lo haré.

Brandon dejó a Clint y volvió a la casa, tomando un tulipán rojo de camino.

–¿Se ha levantado Paige? –le preguntó a Ellie, que estaba cortando verduras para hacer una sopa.

–La he oído moverse, pero no ha bajado todavía. Veo que no está acostumbrada a levantarse temprano.

–Suele hacerlo, pero anoche no la dejé dormir mucho.

Ellie hizo una mueca y sacudió la cabeza.

–No hacía falta que me lo contaras.

Él se echó a reír.

–¿Qué le parece esa cosa horrible que tienes en la cara?

Brandon se tocó la barba.

–Dice que le gusta.

–Espero que eso no signifique que vas a dejártela. Tienes la cara demasiado guapa para taparla.

–Ya veremos.

–Veo que estás de buen humor. Supongo que has cerrado la venta.

–Sí.

–Me alegra verte tan contento para variar.

De hecho, era estupendo sentirse tan feliz.

–¿Has visto la lista que te he dejado?

Ellie señaló la cesta que había encima de la mesa.

–Lo tienes todo ahí.

–Eres una joya –le dijo él, dándole un beso en la mejilla y tomando una zanahoria de la tabla–. Voy a buscar a Paige.

Se metió la zanahoria en la boca mientras salía de la cocina y fue a buscar a Paige pensando que, por primera vez en mucho tiempo, se sentía estupendamente. La vida era genial.

Paige estaba en la habitación, sentada en la cama. Se había puesto vaqueros y una camisa de manga larga, y se estaba calzando unas botas de montar. Llevaba el pelo recogido en una cola de caballo. Brandon se escondió la flor en la espalda y la observó.

Era muy guapa. Y, aunque le sentaban bien los trajes, el pelo recogido y el maquillaje, le gustaba más así.

Levantó la vista y lo vio. Sonrió.

–Buenos días. No te he oído subir.

–Buenos días.

–Gracias por haberme dejado dormir.

–Me parecía justo. Anoche te mantuve despierta hasta muy tarde.

Ella sonrió y señaló hacia la ventana.

–He visto el camión. Supongo que el negocio ha ido bien.

–Perfectamente.

–Seguro que tu jefe se pone muy contento.

–Seguro.

–Bueno. ¿Voy bien así vestida?

Brandon sonrió.

–A mí me lo parece. Aunque… te falta algo.

Paige se miró de pies a cabeza.

–¿Una chaqueta?

Él sacó la flor.

–Esto.

Paige abrió mucho los ojos.

–Gracias –dijo Paige, sonriendo casi con timidez–. Es preciosa. La pondré en el jarrón para que no se marchite.

Se giró para hacerlo y Brandon la abrazó por la cintura.

–Anoche lo pasé muy bien, por cierto.

Ella suspiró, cerró los ojos y se apoyó en él.

–Yo también.

Brandon le dio un beso en el cuello y metió una mano por debajo de su camisa.

–Si no paras, no vamos a salir de aquí.

Él le dio un último beso y se apartó.

–¿Estás preparada para montar a caballo?

–La otra noche estuve horas viendo cómo se hacía por Internet.

Típico de ella, aunque no era lo mismo leer al respecto que hacerlo.

Bajaron las escaleras y Brandon tomó la cesta con el picnic antes de salir. Buttercup y Lucifer estaban ensillados.

–¿Lista? –volvió a preguntarle a Paige.

–Eso creo –respondió ella, nerviosa.

Brandon le explicó cómo tenía que montar y luego llevó al caballo con ella encima de un lado a otro para que se acostumbrase a la sensación. Cuando la vio más cómoda y relajada, montó a Lucifer y fueron en dirección al valle por el paso que había en el Este. Una vez allí se adentraron en las montañas.

Después de media hora, se dio cuenta de que Paige estaba demasiado callada.

–¿Estás bien? –le preguntó.

–Sí. Estoy maravillada con todo lo que veo. ¿Todo esto es de tu jefe?

–Todo esto y mucho más.

–¿Y adónde vamos exactamente?

Él le sonrió.

–Ya lo verás.

–¿Cuánto vamos a tardar en llegar?

–A este paso, más o menos otra hora. Tal vez un poco más.

Siguieron avanzando en silencio, deteniéndose de vez en cuando para mirar alguna planta o animal. Paige se sobresaltó cuando dos alces, madre y cría, cruzaron velozmente delante de ellos.

–No habrá nada peligroso por ahí, ¿verdad? –le preguntó a Brandon.

–Los animales no suelen hacer nada si tú no los molestas a ellos.

–Pero, ¿y si alguno intentase atacarnos?

Brandon tocó un rifle que llevaba en la silla.

–Con un disparo de advertencia suele ser suficiente.

–No me había dado cuenta de que llevabas eso.

–Hay que estar preparado, pero no te preocupes, que conmigo estás segura.

La sonrisa de Paige le dijo que confiaba en él.

Siguieron charlando del terreno y de los animales. Brandon quería contarle muchas cosas acerca de sus veranos y vacaciones allí.

Algún día lo haría. Pronto podría contárselo todo. Solo faltaban un par de semanas.

El camino se abrió y llegaron a un valle cubierto de hierba, dividido en dos por un río.

Paige miró a su alrededor maravillada.

–Ya hemos llegado –anunció él.

–¡Es precioso! ¡Y hay hasta una cascada!

Aquel había sido uno de sus lugares favoritos

de niño. Desmontó cerca de un pinar y ayudó a bajar a Paige, que se estiró e hizo una mueca.

–¿Te duele el trasero?

–Un poco.

–Ya te acostumbrarás.

Ató a los caballos y tomó la manta y el cesto con la comida mientras Paige se acercaba a la orilla del río.

–¿Nos podemos bañar? –le preguntó.

–Si quieres congelarte, sí. Esta agua está muy fría, pero hay una zona, más o menos a medio kilómetro de aquí, donde está más caliente. Hay que subir andando.

–De todos modos, no he traído bañador.

Él tampoco habría dejado que se lo pusiera.

–¿Qué hacemos ahora? –quiso saber Paige después de sentarse en la manta.

Brandon se puso a su lado.

–Lo que tú quieras.

No tenían nada que hacer y de qué preocuparse. Podían hacer lo que les apeteciese, aunque eso significase no hacer nada.

Capítulo Catorce

Paige se tumbó en la manta, con el sol calentándole el rostro y la tripa llena después de haber comido varios sándwiches de carne y ensalada de patata. Estaba siendo un día perfecto. Cada vez entendía mejor que Brandon no quisiese marcharse de allí, por qué jamás lo haría.

Intentó imaginarse cómo sería si no fuese un trabajador del rancho, sino el dueño. Si se casasen y viviesen allí. ¿Estaría dispuesta a sacrificar su carrera por aquello?

Era una tontería darle vueltas. Brandon no era el dueño del rancho ni iba a pedirle que se fuese a vivir allí con él. No quería compromisos.

Pero, ¿y si lo hacía? ¿Y si cambiaba de opinión y le pedía que fuese a vivir con él? La respuesta sería tajante: no, y eso la sorprendió un poco.

No se imaginaba dejándolo todo y confiando su seguridad a otra persona. Sobre todo, tratándose de alguien con una carrera tan inestable. Había buscado en Internet información acerca del trabajo de capataz, cuáles eran sus tareas y su sueldo. No era mucho y, aunque no le gustase reconocerlo, le importaba.

—Eh, ¿te estás quedando dormida?

Paige abrió los ojos y vio a Brandon tumbado boca abajo, con los codos apoyados en el suelo.

–Solo estaba pensando –le respondió.

–¿En qué?

–En que está siendo un día perfecto.

–Pues todavía no se ha terminado –le dijo él, acercándose más.

Paige le acarició el rostro y se preguntó cómo sería sin barba.

–Ahora mismo, estoy demasiado relajada como para moverme.

–No pasa nada –le contestó Brandon, jugando con uno de los botones de su camisa–. Solo tienes que quedarte como estás mientras yo te hago sentir bien.

–¿Aquí?

–¿Por qué no? –le dijo, desabrochándole la camisa–. Estamos solos.

–¿Estás seguro de que no va a venir nadie?

Él negó con la cabeza.

–No hay ningún motivo –le aseguró, abriéndole la camisa y dándole un beso en la curva de los pechos–, pero si lo prefieres, podemos dejarnos casi toda la ropa puesta.

En teoría era buena idea, pero Paige pronto se dio cuenta de que lo que quería era tenerlo en su interior, cosa que no iba a ser posible con la ropa puesta. Y, para entonces, estaban tan excitada que ya le daba igual todo.

Después de hacer el amor se taparon con la manta y estuvieron abrazados, pero empezó a hacer demasiado calor al sol. Brandon sugirió volver al rancho a refrescarse y cenar después en Wild Ridge.

La vuelta al rancho fue tranquila, aunque justo al llegar al valle, Lucifer se puso nervioso.

–Quiere galopar –le explicó Brandon a Paige.

–Pues ve delante si quieres.

–¿Estás segura? Buttercup te llevará directamente a los establos.

–Estoy segura, vete.

Brandon hizo girar al animal y golpeó los flancos para que se pusiese a correr.

Paige observó maravillada cómo montaba. Era evidente que estaba hecho para vivir en un rancho.

Cuando lo perdió de vista, golpeó suavemente a Buttercup con los talones, como Brandon le había enseñado, y el animal echó a andar en dirección al rancho.

Acababa de llegar a los establos cuando Brandon apareció a su lado, desmontó y la ayudó a bajar.

–Ve yendo a la casa. Yo voy a darle un masaje a Lucifer y ahora subo.

Paige estaba sudando, así que decidió darse una ducha rápida. Cuando Brandon llegó al cuarto de baño, se metió con ella debajo del agua y le dio un masaje también.

Luego se vistieron y fueron en la camioneta a Wild Ridge. Allí, Brandon la llevó a una cervecería donde la camarera lo conocía y les dio una mesa inmediatamente, a pesar de haber gente esperando. Bebieron cerveza, comieron unas hamburguesas y hasta bailaron un poco.

Cuando volvieron al rancho eran más de las doce. Paige estaba un poco mareada por la cerveza y agotada, así que se metió en la cama y esperó a que Brandon saliese del baño.

Cuando volvió a abrir los ojos ya era de día.

–Buenos días, bella durmiente.

Paige se sentó y se frotó los ojos. Brandon estaba al lado del armario, vistiéndose. Tenía el pelo mojado y había una toalla a los pies de la cama.

–¿Qué hora es?

–Poco más de las ocho y media. Anoche, cuando me metí en la cama, ya estabas frita.

–Pues haberme despertado.

Él se encogió de hombros antes de ponerse una camiseta.

–Creo que ambos necesitábamos descansar.

–Pero era mi última noche aquí.

Brandon se acercó y se sentó en el borde de la cama.

–No tiene por qué ser así.

–Sabes que tengo que volver a trabajar.

Él le acarició la mejilla y le metió un mechón de pelo detrás de la oreja.

–Podrías volver después de la gala.

Paige contuvo la respiración un instante.

–¿Te gustaría? Pensé que habíamos dicho que lo nuestro se terminaría después de la gala.

–¿Es eso lo que quieres?

No era lo que quería, pero sabía que no tenían futuro. Sus vidas eran demasiado diferentes.

–Será mejor que no hagamos planes a largo plazo –le dijo–. Ya veremos cómo van las cosas.

–Me parece bien –le dijo Brandon.

Y su respuesta la decepcionó.

Lo vio ponerse los calcetines y las botas. Entonces, levantó la cabeza y la miró.

–¿Estás bien?

Debía de notársele en la cara que estaba confundida. Se obligó a sonreír.

–Supongo que todavía medio dormida.

–Bueno, pues levántate. Tenemos que ponernos en marcha –le dijo él, dándole un rápido beso–. He estado tan ocupado que no te he enseñado los establos. ¿Quieres verlos antes de que nos marchemos?

–Sí.

–Te esperaré fuera.

–No tardaré.

Paige se levantó, se aseó, se vistió e hizo la maleta. Le hubiese gustado quedarse unos días más, pero tenía que volver a su vida real. Bajó la maleta y la dejó al lado de la puerta, y luego fue a la cocina a despedirse de Ellie y darle las gracias por su hospitalidad, pero no la encontró.

De hecho, debía de ser porque era domingo, pero no había nadie por ninguna parte. Fue ha-

155

cia los establos y encontró a Brandon en lo que debía de ser el despacho, sentado delante del ordenador, concentrado en la pantalla y escribiendo a una velocidad increíble para alguien que acababa de aprender a leer.

–Eres muy rápido –comentó.

Brandon se sobresaltó al oír su voz.

–Me has asustado. No te he oído entrar.

Le dio a un par de teclas más y cerró el ordenador.

–¿Cómo has aprendido a escribir así?

Él se levantó del sillón.

–Con un programa de ordenador de la biblioteca. Practico en mi tiempo libre.

Parecía nervioso, así que Paige prefirió dejar el tema.

–¿Has visto a Ellie? –le preguntó–. Quería despedirme de ella.

–Está en la iglesia. Como casi todos los hombres. Los obliga a ir. Dice que eso hace que sean buenas personas.

Paige se preguntó si también lo obligaría a ir a él. No se lo imaginaba.

–Supongo que por eso está todo tan tranquilo.

–Los domingos son así. ¿Damos ese paseo?

–Sí.

Brandon le tomó de la mano y le enseñó los dos establo. Y ella se quedó impresionada con la limpieza y las instalaciones.

Luego fueron al granero y Paige se fijó en un edificio alargado que había en la parte de atrás.

–¿Es ahí donde duermen los hombres?

–Sí.

–¿Puedo verlo?

Él se encogió de hombros.

–Claro. No creo que haya nadie a estas horas.

Si Paige necesitaba una dosis de realidad, el barracón le hizo bajar de las nubes. El edificio estaba formado por una cocina con dos mesas largas, un salón con sofás, sillones y una vieja televisión, y el dormitorio. Al final de este había varias puertas, que debían de ser los baños.

Se parecía demasiado a la casa de acogida en la que había estado con su madre, y solo de verlo se puso nerviosa, le trajo malos recuerdos.

No se podía imaginar volviendo a vivir en un lugar así. Solo la idea le dio miedo.

–¿Y has dicho que el capataz tiene su propio alojamiento?

–Está detrás. Si quieres, puedo enseñártelo, aunque ahora lo está utilizando Clint. Se parece a tu apartamento, pero todo en una habitación. Y con la mitad de tamaño.

Eso significaba que la vivienda era como su salón. Y era suficiente para un hombre solo, pero ¿y si el capataz decidía casarse?

A ella le daba igual porque, a pesar de lo que sentía por Brandon, después de ver aquella parte de su vida supo que su relación no iría más allá.

Brandon debió de darse cuenta de que estaba incómoda, porque le puso la mano en el hombro y le dio un cariñoso apretón.

–¿Estás bien?

Ella se obligó a sonreír.

–Sí. Solo un poco cansada.

–Bueno, pues vamos. Puedes dormir en el viaje si quieres.

–Sí.

Recogieron sus cosas, las metieron en la camioneta y se fueron antes de las diez. Paige cerró los ojos, pero no podía dormir. Tampoco podía hablar, así que se quedó inmóvil, para que Brandon pensase que estaba dormida y lo escuchó cantar con la radio. ¿Sabría que cantaba muy bien? Era un hombre perfecto en todos los aspectos. En todos, menos en el que más le importaba a ella.

Y lo irónico de la situación era que, aunque hubiese podido cambiarlo, no lo habría hecho. El problema era suyo, no de él. No se lo merecía, así que, aunque aquella semana hubiese sido maravillosa, tenía que terminar con aquello lo antes posible.

Capítulo Quince

Desde que la había dejado en su casa el domingo, Paige no había parado de llorar. Y eso que ella nunca lloraba. Había roto con chicos con los que había estado meses saliendo y no se había sentido nunca tan mal. ¡Y eso que todavía no había roto con él!

Había estado preparándose durante todo el viaje, pero, al despedirse, no había tenido valor para decirle lo que le tenía que decir.

Y había pasado tres días intentando reunir el coraje necesario para hacerlo, evitando sus llamadas para no venirse abajo al oír su voz.

El miércoles por fin había decidido ir a su hotel para decirle que lo suyo se había terminado, pero cuando Brandon le había abierto la puerta y lo había visto tan contento, solo había podido besarlo y ponerse otra vez a llorar.

Brandon la había mirado confundido al ver sus lágrimas, pero no le había hecho preguntas. Sólo se las había secado a besos y le había hecho el amor con tanta dulzura, con tanta pasión, que Paige se había dado cuenta que no podía romper con él. Todavía no.

De eso habían pasado cinco días y habían pasado juntos casi todas las noches. Faltaban otros cinco días para la gala, para que aquello se terminase de verdad, pero cada vez que Paige lo pensaba, se le hacía un nudo en el estómago y le costaba respirar.

Se echó a llorar por enésima vez aquel día y Cheryl se acercó a consolarla.

—No sé qué me pasa —le dijo ella—. Me conoces. Sabes que yo no lloro nunca. Y mira cómo estoy.

—Tal vez sean las hormonas. O que vas a tener el periodo.

Eso era posible. Aunque no solían entrarle ganas de llorar.

—Quizás sea eso.

—¿Cuándo te toca?

—Pronto, creo.

Había estado tan ocupada que no se había parado a pensarlo. Abrió el calendario que tenía en el ordenador y contó los días, volvió a contarlos, segura de que lo había hecho mal. Y los contó una tercera vez.

—No puede ser.

—¿Qué pasa? —le preguntó Cheryl con el ceño fruncido.

—Que han pasado treinta y un días desde mi último periodo.

—¿Y eso es mucho para ti?

—Siempre lo tengo cada veintiocho días, soy como un reloj —le contestó, con el corazón en la garganta—. Cheryl, tengo un retraso.

Paige maldijo al preservativo que se había roto

mientras Cheryl iba a la farmacia a por un test de embarazo.

Cerró los ojos, respiró hondo e intentó mantener la calma. ¿Cómo podía haberle pasado algo así? No formaba parte del plan. Siempre había imaginado que tendría hijos algún día, pero cuando encontrase al hombre adecuado. Y cuando su negocio estuviese establecido. No era un buen momento.

¿Y qué pensaría Brandon? Teniendo en cuenta su situación económica y laboral, no le iba a hacer gracia la idea de formar una familia. En especial, con una mujer que nunca había pretendido tener una relación seria con él.

Tal vez se sintiese aliviado cuando le dijese que no esperaba nada de él. Ella se apretaría el cinturón un par de años y, con un poco de suerte, saldría adelante.

Pero lo primero era saber si realmente estaba embarazada. Todavía cabía la posibilidad de que fuese otra cosa.

Oyó la puerta y a Cheryl gritar:

–¡Ya estoy aquí!

Y se le aceleró el corazón.

–¿Estás preparada? –le preguntó Cheryl, asomándose por la puerta con una bolsa en la mano.

No lo estaba, pero no tenía elección.

Tomó la bolsa con mano temblorosa, fue al cuarto de baño y cerró la puerta con cerrojo.

Abrió la caja, sacó el aparato y leyó las instrucciones. Solo tardó un par de segundos en hacerse la prueba. Luego esperó.

Treinta segundos después tenía la respuesta.

Estaba embarazada.

Se quedó allí sentada un par de minutos más, esperando a ver si cambiaba el resultado.

Luego oyó que llamaban a la puerta.

—¿Estás bien, cielo?

No. No estaba bien. Abrió la puerta y le enseñó el resultado a Cheryl.

Esta suspiró.

—Vaya.

—Sí.

¿Qué le iba a decir a Brandon? Porque tenía que contárselo. Sintió pánico.

—¿Qué vas a hacer? —le preguntó Cheryl.

—Voy a tener un bebé —fue lo único que pudo responder ella.

A Paige le pasaba algo.

No había sido la misma desde que habían vuelto del rancho.

Él estaba deseando que pasase la gala. No podía seguir ocultándole la verdad. Cinco días más y se lo contaría todo.

Y, lo quisiese admitir ella o no, estaban muy bien juntos. Después de haberla llevado al rancho, había decidido que quería tenerla en su vida de manera permanente.

Llamaron a la puerta de la habitación y miró el reloj. No eran ni las cuatro. Demasiado pronto para que fuese Paige, que no solía salir de trabajar hasta las siete. Cerró el ordenador y lo metió debajo de la cama. Abrió la puerta y la vio allí, y supo que le pasaba algo.

Estaba completamente blanca.

–¿Qué ocurre? Le preguntó.

–¿Tan mala cara tengo?

Él le hizo un gesto para que entrase y Paige entró y fue directa a sentarse en la cama.

–Tenemos que hablar.

–De acuerdo –dijo él, tomando una silla–. Hablemos.

–No sé cómo decírtelo, así que voy a decírtelo sin más. Estoy embarazada.

Brandon se quedó sin palabras. Aquello era lo último que había imaginado.

Paige iba a tener un hijo suyo. Iba a ser padre.

–Estás enfadado –le dijo ella, al ver que no respondía.

–Estoy sorprendido, no enfadado –contestó Brandon.

¿Por qué iba a estar enfadado? No era culpa de nadie. De hecho, poco a poco lo cierto era que se sentía más bien… feliz. Emocionado, incluso.

Iba a tener un bebé con Paige. ¿Por qué no?

–¿Estás segura? –le preguntó.

–Me he hecho un test de embarazo. Tengo entendido que son bastante fiables. Tengo un retraso. Y no sé si te has dado cuenta, pero últimamente he estado un poco… sensible.

Sí, se había dado cuenta.

–Entonces, estás segura.

–Sí, estoy segura.

Él respiró hondo, expiró.

–Qué noticia.

–Bueno –dijo ella nerviosa–, ¿qué piensas que debemos hacer?

Buena pregunta, para la que Brandon enseguida tuvo la respuesta.

–Pienso que deberías casarte conmigo.

Al parecer, aquello era lo último que Paige había esperado, porque se quedó boquiabierta.

–¿Casarme contigo?

–Y venirte a vivir al rancho. Ambos sabemos cómo es un hogar roto, y no queremos eso para nuestro hijo.

–Pero…

–Sé que es pronto, pero pienso que el bebé tiene derecho a tener una familia. Al menos, debemos intentarlo.

–¿Y dónde trabajaré yo? No creo que en Wild Ridge necesiten una asesora de imagen ni una organizadora de eventos. ¿Cómo voy a ganarme la vida?

–No te hará falta. Yo me ocuparé de eso. Me ocuparé de ti y del bebé.

Brandon supo que tenía que contarle la verdad, fuesen cuales fuesen las consecuencias. No podía seguir mintiéndola.

—Paige, tengo que contarte algo…

—No puedo, Brandon. No puedo vivir allí. He trabajado mucho para montar mi empresa. No puedo dejarlo todo.

—Ya no se trata de lo que tú y yo queremos, sino de lo que sea mejor para el bebé. Además, yo puedo darte todo lo que necesites.

—¿Estabilidad económica? ¿Puedes darme eso?

—¿Estás sugiriendo que no gano suficiente dinero? —inquirió él en tono frío.

—Es más complicado que eso. ¿Dónde vamos a vivir? Y, si yo no trabajo, ¿cómo vamos a vivir bien?

—¿Qué quieres decir, que lo que gano ahora no es suficiente para ti?

—No quiero decir eso. Ya sabes cómo fue mi niñez. No puedo volver a pasar por ello, ni hacer que mi hijo lo sufra.

—¿También piensas que no voy a ser un buen padre?

—¡No! Yo no he dicho eso, pero he trabajado muy duro para ser autosuficiente. No puedes pedirme que renuncie a ello.

—Entonces, ¿si yo dejase el rancho para trabajar en un despacho y llevar a casa un buen sueldo, y te pidiese que te casases conmigo, me dirías que sí?

—Brandon…

—¿Me dirías que sí?

—Yo jamás te pediría que dejases el rancho. Es el lugar al que perteneces. Allí eres feliz.

–Pero no es lo suficientemente bueno para ti, ¿verdad?

Y él que había pensado que Paige era diferente. En realidad, no lo consideraba suficientemente bueno para ella. Solo había estado fingiendo.

Tenía que haberse dado cuenta. La verdad le dolió más de lo que había imaginado. Había empezado a confiar en ella, a sentir por ella, y había salido escaldado otra vez.

Si Paige hubiese accedido a casarse con él, ¿también se la habría encontrado un día en el establo con alguno de sus hombres?

–Tienes razón. Casarme con alguien como tú sería un error garrafal.

–Brandon…

–Olvídalo. No sé en qué estaba pensando. ¿Por qué iba a casarme con una mujer a la que ni siquiera quiero?

Ella puso gesto de dolor al oír aquello y Brandon se sintió fatal por haber repetido las palabras que le había dicho Ashleigh el día que se había marchado.

–Que sepas que no necesito tu ayuda económica. Puedo criar al niño sola si hace falta.

Aquello le sentó a Brandon como una patada en el estómago.

–¿De verdad piensas que voy a renunciar a mis derechos? ¿Crees que voy a continuar con mi vida y me voy a olvidar de que soy responsable de haber traído a un niño al mundo? Eres mucho más egoísta y narcisista de lo que había imaginado.

–No quería… –dijo ella, negando con la cabeza.

–Vamos a dejar algo claro, guapa. También es mi hijo y no voy a quedarme fuera de su vida solo porque tú pienses que no valgo lo suficiente. Te guste o no, tendrás que aguantarme durante los próximos dieciocho años y nueve meses.

–Por supuesto –le dijo ella con los ojos llenos de lágrimas–. No pretendía ofenderte.

–No ofende quien quiere, sino quien puede. Y a mí no me puedes hacer daño –dijo Brandon, sabiendo que no era verdad. Se sentía traicionado.

–Deberíamos seguir hablado en otro momento, cuando ambos hayamos tenido tiempo de pensar.

Brandon no tenía nada más que decir.

Cuando Paige pasó por su lado, con las mejillas llenas de lágrimas, tuvo que hacer un esfuerzo para no abrazarla.

No era mejor que Ashleigh y las demás. Y pensar que había estado a punto de contarle la verdad.

Menos mal que había mantenido la boca cerrada.

Recogió sus cosas, pagó la habitación y volvió al rancho, que era donde tenía que estar.

El viernes, la boda salió fenomenal. Solo faltaba una hora para que terminase y Paige pudiese volver a casa, donde se derrumbaría, como había hecho durante toda la semana.

Sabía que había ofendido a Brandon, que le había herido en su orgullo, y que necesitaban hablar de lo que iban a hacer. Había vuelto al hotel el día después de la discusión, pero ya no estaba allí. Había intentado localizarlo varias veces en su teléfono móvil, pero no respondía. Y había pensado en ir al rancho a disculparse, pero le daba miedo que la rechazase. Lo echaba mucho de menos. Se sentía sola y perdida y le dolía el corazón.

Se arrepentía de haber rechazado su propuesta por un motivo tan trivial como el dinero. Lo único que importaba era estar juntos. Ser una familia. Sentirse segura. Y ser... feliz. Y cuando estaba con Brandon era feliz. Más feliz de lo que lo había sido en toda su vida.

Si hubiese podido retroceder en el tiempo, le habría dicho que se casaría con él sin dudarlo, pero ya daba igual. Tal y como Brandon le había dicho, no la quería. Solo quería casarse con ella por el bien del bebé.

Notó que se le llenaban los ojos de lágrimas y tuvo que hacer un esfuerzo por contenerlas.

—¿Señorita Adams?

Paige se giró y vio a Emma Larson, que estaba embarazada, a sus espaldas. Tenía en la mano un platito con canapés, y Paige sintió náuseas al verlos.

Pero no podía vomitar delante de los invitados.

Tragó saliva y se obligó a sonreír.

–Hola, señora Larson. Me alegro de verla de nuevo.

–Solo quería decirle que la recepción ha sido maravillosa. Si la gala de mañana por la noche sale la mitad de bien, va a ser todo un éxito.

–Gracias.

–La próxima vez que organice una fiesta la llamaré la primera. Y tiene que darme el número de teléfono del catering. La cena ha sido fantástica –comentó Emma, comiéndose un canapé.

Paige no pudo seguir controlando las náuseas.

–Discúlpeme –dijo, corriendo hacia el cuarto de baño que, por suerte, estaba cerca.

Cuando terminó de vomitar, se limpió la boca, tiró de la cadena y se incorporó. Abrió la puerta del baño y se dio cuenta, horrorizada, de que no estaba sola. Además de varias invitadas a la boda, también estaban la novia, Margaret Tanner, Emma, que debía de haberla seguido, Gillian Preston, que era periodista, y Ana Rodríguez.

–¿Estás bien? –le preguntó la novia–. No me digas que ha sido la comida.

–Estoy bien, y no te preocupes por la comida.

–Se te pasará –comentó Emma–. Yo tuve náuseas hasta el tercer mes y luego se me pasó.

–Yo lo pasé fatal en mi primer embarazo –intervino Gillian.

–A no ser que tenga gripe –intervino Ana, mirando a Emma–. En ese caso, estará mejor en un par de días.

Paige supo que todas esperaban que les diese

una explicación, y ella no vio por qué no iba a decir la verdad.

—No es gripe —admitió.

—Entonces, ¡enhorabuena! —exclamó Emma.

—¿De cuánto estás? —preguntó Gillian.

—De poco. Me enteré el lunes y, como la gala es mañana, todavía no he tenido tiempo de ir al médico.

Aunque había hecho cálculos y sabía que el bebé nacería alrededor del veintidós de enero. Qué coincidencia, el mismo día que Brandon y ella. Tenía que ser una señal, ¿no?

Pero ella no creía en esas cosas, o eso le había dicho a Brandon.

—Debéis de estar muy contentos —comentó Margaret.

—Bueno, la verdad es que no nos lo esperábamos y… es un poco complicado.

Emma le tocó el brazo.

—Bienvenida al club. Todas lo hemos pasado mal, pero ya nos ves, tan contentas.

—Will y yo empezamos fingiendo que estábamos prometidos, sin saber que acabaríamos enamorándonos, y aquí estamos, casados y felices.

—Y yo estuve meses intentando acabar con el jefe de Max —dijo Gillian—. Y más o menos me hizo chantaje para que me casase con él. Pero supongo que, cuando quieres a alguien, es fácil olvidarse de las cosas malas.

Emma le apretó el brazo a Paige de manera cariñosa.

–Todo irá bien. Ya verás.

–Bueno, tengo que volver con mi marido, antes de que piense que me he desmayado –bromeó Margaret.

–Y yo voy a llamar a la canguro –dijo Gillian, sacando el teléfono móvil–. Ethan está resfriado.

–Pues yo voy a buscar a mi Ward antes de que alguna jovencita me lo robe –bromeó Ana–. También tuvimos unos inicios complicados y ahora no podemos ser más felices. No obstante, siempre es una aventura estar con una estrella del rock.

–Todo irá bien, estoy segura –mintió Paige.

Emma entrelazó el brazo con el suyo.

–¿Por qué no vamos a sentarnos y charlamos un rato?

Paige se miró el reloj.

–Tengo que prepararlo todo para que la novia lance el ramo.

–El ramo puede esperar.

Paige asintió y fue con Emma hacia un rincón donde había varias mesas vacías. Margaret y William estaban charlando con sus invitados y Gillian y Max, bailando. Ward estaba firmando autógrafos en servilletas de papel y Ana lo miraba con orgullo y amor. Todos parecían felices.

Paige casi no conocía a Emma y no solía abrir su corazón a cualquiera, pero al enterarse de que ella también se había quedado embarazada de un hombre al que casi no conocía tuvo la esperanza de que todo saliese bien. Aunque no pudiesen estar juntos tenía que asegurarse de que Brandon sabía cuánto lo respetaba y que pensaba que iba a ser un buen padre.

No le iba a dar tiempo a hablar con él antes de la gala, pero lo haría después. La quisiese escuchar o no.

Brandon pasó el resto del fin de semana en el rancho. Se ocupó de los caballos, cortó madera, fue al pueblo a por provisiones, cualquier cosa con tal de tener la mente ocupada y no pensar en algo que era ya un hecho.

Era un cretino.

El sábado por la tarde, en vez de prepararse para la gala, se sentó en la hierba delante de la tumba de su madre, que estaba a medio kilómetro de la casa. Era consciente de que había condenado a Paige sin tan siquiera molestarse en ver las cosas desde su punto de vista. Sin dejar que se explicase. Aunque no hubiese sido necesario.

Tal vez él hubiese tenido una niñez difícil, pero nunca había tenido que preocuparse por perder la casa, ni por si iba a tener para comer. Nunca había estado en una casa de acogida ni, mucho menos, había tenido que vivir en ella. No tenía ni idea de lo que era no tener dinero. Así que cuando Paige le había dicho que necesitaba seguridad económica, él había dado por hecho que se refería a vivir por todo lo alto. A tener grandes casas y lujosos coches. Cuando, en el fondo, había sabido que Paige era una de las mujeres menos materialistas que había conocido.

A pesar de saber lo que había sufrido y lo mucho que había trabajado para conseguir lo que tenía, había esperado que lo dejase todo para irse a vivir con un peón de rancho al que hacía menos de tres semanas que conocía.

¿Acaso le había dado algún motivo para que quisiera casarse con él? ¿Para que dejase todo lo que le importaba?

Además, le había dicho que quería casarse con ella por el bien del bebé. Ni siquiera había tenido la decencia de arrodillarse a sus pies. No le había dicho que la quería. Así que, si ella le hubiese dicho que sí, posiblemente en esos momentos estuviese cuestionándose el motivo, y su cordura.

Sintió que Ellie se acercaba y vio que se sentaba a su lado en la hierba y le daba uno de los dos botellines de cerveza que llevaba en la mano.

–Gracias.

–Hace buen día –comentó ella.

–Umm.

Estuvieron en silencio, bebiendo la cerveza, hasta que Brandon no soportó más la tensión.

–Supongo que quieres saber qué ha pasado –le dijo a Ellie.

–Solo si estás preparado para contármelo.

No lo estaba, sobre todo porque sabía que si

Ellie pensaba que se había comportado como un idiota, se lo diría.

Y se había comportado como un idiota.

–Hemos discutido.

–¿Te ha roto el corazón?

–No, pero estoy casi seguro de que yo se lo he roto a ella.

Ellie lo miró confundida.

–¿Ha sido un ataque preventivo? Porque esa chica estaba loca por ti.

–Está embarazada.

Brandon se preparó para recibir una charla acerca del sexo seguro o algo parecido, pero Ellie le sonrió y dijo:

–Abuelita Ellie. Suena bien.

Aquella mujer nunca dejaba de sorprenderlo.

–¿No te he decepcionado?

–Un niño es una bendición –contestó ella con cierta tristeza, ya que no había tenido hijos, aunque hubiese sido como una madre para Brandon.

–Le he pedido que se case conmigo.

Ella asintió, como si lo hubiese esperado.

–Y te ha dicho que no.

–No pareces sorprendida. ¿No decías que estaba loca por mí?

–Es una chica lista. ¿Por qué iba a casarse con un hombre al que casi no conoce? ¿Y por qué se lo pides tú cuando ni siquiera sabe cuál es tu verdadero nombre?

–Pensé que te alegraría oír que he intentado hacer lo correcto.

–El matrimonio no es siempre lo correcto. Mira a tus padres.

Ellie tenía razón. Brandon miró la tumba de su madre:

«Esposa y madre cariñosa».

Ni mucho menos. Había sido una esposa neurótica y desconfiada. Y una madre, como mucho, ausente.

–Uno de estos días vas a tener que perdonarla, ¿sabes? –comentó Ellie–. Y perdonarte a ti mismo.

–Si hubiese subido a su habitación diez minutos antes…

–Tal vez la habrías salvado. En esa ocasión. Pero habría habido otra, Brandon.

–Fue muy mala madre y sigo furioso con ella por haberme abandonado. Por haber pensado solo en ella, por haber sido tan narcisista…

–Tu madre estaba enferma, Brandon. Tienes que perdonarla.

–Lo intento.

Ellie le dio un sorbo a su cerveza.

–Dice Clint que te ha llamado el contable que estaba examinando las cuentas de la fundación.

–Me llamó ayer por la tarde.

–¿Y te dijo lo que esperabas oír?

–Sí.

–Entonces, ¿vas a seguir adelante con tu plan?

–Sí.

Había llegado demasiado lejos como para echarse atrás.

Ellie asintió pensativa, luego lo miró y sonrió.

–¿Qué?

Ella alargó la mano y le dio suavemente en la mejilla recién afeitada. Después de haberse cortado también el pelo, parecía diez años más joven.

–Que me alegro de tener de vuelta al Brandon de siempre.

–Yo también me alegro.

Aunque ya no se sentía igual y tenía la sensación de que no lo haría hasta que no tuviese a Paige a su lado.

Así que había llegado el momento de dejar de compadecerse de sí mismo y hacer algo.

Capítulo Dieciséis

La gala estaba yendo sobre ruedas, incluso mejor de lo que Paige había esperado, salvo que Brandon todavía no había aparecido. Casi había llegado el momento de que le diesen el premio y no respondía al teléfono móvil. También había llamado al rancho y Ellie le había dicho que había salido de allí hacía horas. Desde entonces, Paige no había dejado de mirar hacia la puerta con nerviosismo. Sabía que estaba disgustado, pero tenía una obligación con la fundación.

Ana se acercó a ella, parecía nerviosa.

–¿Tienes noticias?

Negó con la cabeza. Se sentía culpable por haberle contado lo del bebé antes de la gala.

Emma, a la que había empezado a considerar su amiga la noche anterior, se acercó y le presentó a Chase Larson, su marido.

–Una fiesta estupenda –le dijo este–. Mi esposa está impresionada contigo y ha decidido celebrar una fiesta solo para que tú la organices.

–Será un honor. De hecho, tengo alguna idea muy buena.

–Te llamaré el lunes a primera hora para quedar –le dijo Emma–. ¿Te encuentras mejor?

Físicamente estaba mejor, pero psicológicamente seguía destrozada.

–Me pone nerviosa la idea de volver a verlo.

Emma tomó su mano y se la apretó.

–Todo irá bien, ya lo verás.

El grupo de Ward Miller empezó a tocar y no pudieron seguir hablando.

Un rato después se acercaba a ella Gillian Preston.

–¡Qué fiesta! –exclamó–. ¿Conoces a mi marido, Max?

Paige le dio la mano.

–Encantada.

–Rafe está muy contento –comentó este–. La gala era muy importante para él y está saliendo todo estupendamente. Estoy seguro de que no lo olvidará.

–Y yo voy a escribir un artículo en la *Seaside Gazette* poniéndote por las nubes –añadió Gillian.

–Muchas gracias –respondió Paige.

Al menos algo le iba bien en la vida. Si Brandon no la perdonaba, su éxito profesional le daría la estabilidad económica que necesitaba.

Rafe Cameron también se acercó un momento a felicitarla. Así que todo estaba saliendo muy bien, aunque habría renunciado a ello a cambio de poder estar con Brandon. Esperaba que este quisiera darle otra oportunidad.

–¿Paige?

Oyó su voz detrás de ella y sintió miedo.

Se giró despacio y cuando puso los ojos en el

hombre que tenía detrás, se quedó boquiabierta al verlo.

–¿Brandon?

Se había afeitado y se había cortado el pelo. Y estaba increíble vestido de esmoquin.

–Lo siento mucho –le dijo, aunque no fuese el momento de hablar del tema.

–No, el que lo siente soy yo –respondió él, abrazándola con fuerza sin importarle que estuviesen en público.

–Pensé que no ibas a venir –admitió Paige, luchando por contener las lágrimas.

–Necesitaba un poco de tiempo. Te he echado de menos.

–Y yo a ti. No quería decir lo que te dije. Me sorprendiste y me asusté.

–Lo sé. Y no te di la oportunidad de explicarte.

–No se trataba del dinero.

–Lo sé.

Brandon inclinó la cabeza y le dio un beso en los labios.

–¿Podemos ir a hablar a algún sitio? –le preguntó después.

–Ahora no hay tiempo. Tienes que subir al escenario en un minuto.

–¡Brandon! –exclamó Ana, acercándose a ellos–. Menos mal que has venido.

Lo miró de la cabeza a los pies.

–Vaya, estás muy guapo. ¿Dónde ha conseguido Paige ese esmoquin?

Sorprendida, Paige estudió también su ropa. Aquel no era el esmoquin que habían alquilado. La seda era maravillosa y parecía hecho a mano.

–¿De dónde lo has sacado? –le preguntó a Brandon.

–Es una historia muy larga. Por eso necesito hablar contigo –contestó él. Luego, miró a Ana–. ¿Puedes darnos dos minutos?

–Dos minutos –dijo esta, yendo hacia el escenario.

–Brandon, ¿qué pasa? –quiso saber Paige.

Él respiró hondo, expiró.

–Bueno, lo cierto es que…

–¿Brandon? ¿Eres tú?

Paige se giró y vio a Emma detrás de ella, con los ojos abiertos como platos.

–Emma –la saludó él.

Se dieron un abrazo y Emma le preguntó:

–¿Qué estás haciendo aquí?

–Es una larga historia.

–¿Os conocéis? –les preguntó Paige confundida.

–Por supuesto –respondió Emma.

–Pero… si anoche hablamos de él y no me dijiste que lo conocías.

Fue Emma quien la miró confundida después de aquello.

–¿Hablamos de él?

–Sí, es Brandon Dilson.

–Paige, este es Brandon Worth, mi hermano.

Paige miró a Brandon para pedirle una explicación.

–Ya he dicho que es una historia muy larga.

De repente, Emma dio un grito ahogado.

–¡Oh, Dios mío! ¿Mi hermano es el padre de tu hijo?

Paige no daba crédito. ¿Brandon Dilson era en realidad Brandon Worth? ¿No era un peón de rancho, sino el dueño? ¿Y había estado mintiéndole todo el tiempo?

–No… no lo entiendo –balbució.

–Lo sé, y puedo explicártelo todo.

–Brandon –dijo Ana, acercándose de nuevo a ellos–. Tienes que subir al escenario. Ahora.

–¿Al escenario? –preguntó Emma–. ¿Has hecha una donación?

Brandon miró a Paige, luego a Ana y después a su hermana.

–De verdad, es…

–Una historia muy larga –lo interrumpió Emma.

Brandon se giró hacia Paige y la agarró con fuerza de los brazos.

–No quería decírtelo así, pero quiero que me hagas un favor. Pase lo que pase, no te marches hasta que no haya terminado de hablar ahí arriba.

–Por supuesto.

Él le dio un beso rápido y siguió a Ana hasta el escenario. Paige y Emma se acercaron más. Rafe estaba hablando por el micrófono y al ver acercarse a Brandon, lo anunció:

–Señoras y señores, es para mí un honor presentarles al hombre que ha ganado este año el premio de la fundación, el señor Brandon Dilson.

Todo el mundo aplaudió mientras Brandon se acercaba al micrófono con la seguridad de un hombre acostumbrado a ser el centro de atención. Le dio la mano a Rafe, pero cuando este fue a entregarle la placa, Brandon negó con la cabeza. Rafe frunció el ceño, confundido.

–Muchas gracias, señor Cameron, pero me temo que no puedo aceptar el premio.

Se oyeron varios gritos ahogados.

–Como algunos se habrán dado cuenta ya, mi apellido no es Dilson, sino Worth. Y, hasta hace unos meses, era el heredero de Industrias Worth. Llevo unos meses haciéndome pasar por Brandon Dilson, un peón analfabeto de rancho, con el objetivo de infiltrarme en la fundación y desacreditar tanto a esta como a su fundador, Rafe Cameron.

La gente empezó a hablar y Rafe intentó acercarse a él, pero Brandon lo detuvo.

–Por favor, deje que me explique.

La multitud se quedó en silencio.

–Cuando me enteré de que la empresa de mi padre había sido comprada por Empresas Cameron a través de una OPA hostil, me quedé muy preocupado. Cualquiera que conozca a nuestras familias sabe cuál es su historia. Entonces empecé a oír rumores de que el señor Cameron pretendía dividir la empresa y venderla al mejor postor, lo que devastaría la economía de Vista del Mar. La empresa lleva varias generaciones en la ciudad y yo me sentí responsable del fracaso al haber rechazado ocupar el puesto de mi padre en ella. Por eso decidí descubrir a Rafe Cameron, para que la ciudad tuviese otra oportunidad, y la manera de hacerlo fue a través de la fundación.

Paige vio a Brandon clavar la vista en la audiencia y, concretamente, en Ronald Worth, su padre, que estaba al lado de Emma. La mirada de ambos era de dolor.

Paige había oído decir que Ronald Worth tenía un hijo con el que no mantenía ninguna relación, pero jamás habría imaginado que se tratara de Brandon.

–Lo hice por los habitantes de Vista del Mar, y por los empleados de la fábrica, pero también me he dado cuenta de que lo hice, sobre todo, por mí. Porque me sentía culpable por haber abandonado a mi familia.

A su lado, Emma se limpió los ojos y su padre le puso un brazo alrededor de los hombros.

–He pasado los cuatro últimos meses investigando la fundación y estoy aquí para informaros de que su gestión es cien por cien legal. El servicio que ofrece a la comunidad es irreprochable. Y por eso esta noche voy a hacer una importante donación y espero que ustedes hagan lo mismo –Brandon se giró a mirar a Rafe–. Espero que Rafe, Ana y el profesor que tanto tiempo ha pasado conmigo me perdonen por esto. También quiero disculparme ante mi familia por... demasiadas cosas para decirlas aquí.

Entonces miró a Paige.

–Y a Paige Adams, que es además la mujer que ha organizado este acto, quiero decirle que la quiero. Que sé que lo he estropeado todo y que no tengo derecho a pedirte esto, pero que espero que me des otra oportunidad.

Paige notó que se le llenaban los ojos de lágrimas.

Brandon le dio la mano a Rafe y la multitud aplaudió. Después, habló con Ana unos segundos y bajó para reunirse con Paige, que estaba al lado de su hermana y su padre.

–Brandon –le dijo Ronald–. Me alegro de verte, hijo.

–Yo también.

Paige se dio cuenta de que ambos tenían los ojos húmedos.

–Tienes buen aspecto –le dijo Brandon a su padre.

Este sonrió.

–Me siento bien. No me hacía gracia la idea de jubilarme, pero ya era hora. Y me siento mejor que en mucho tiempo.

–Me alegro. Tienes derecho a relajarte.

–¿Qué tal van las cosas por el rancho?

–Muy bien. Deberías venir a verlo.

–Lo haré –dijo Ronald, mirando a Paige–. Y esta debe de ser Paige Adams, la responsable de esta maravillosa fiesta.

–Encantada de conocerlo –le dijo ella.

–Me ha dicho mi hija que estáis esperando un hijo.

Paige asintió.

–Para el veintidós de enero.

Brandon la miró y se echó a reír.

–¿Es una broma?

–Ese día es el cumpleaños de mi hermano –comentó Emma.

–Y el mío –le dijo Paige–. Supongo que es el destino.

–Pues espero que nos veamos más, porque quiero conocer a mi sobrino o sobrina –comentó Emma.

–Y yo al mío –le respondió Brandon, tocándole el vientre a su hermana.

Emma abrazó a Paige y le dijo en un susurro:

–Bienvenida a la familia.

–Ahora, necesito hablar a solas con Paige –anunció Brandon.

Capítulo Diecisiete

–Has estado muy bien ahí arriba –le dijo ella mientras se alejaban.

–He dicho la verdad, aunque no me haya resultado fácil reconocer que me equivocaba.

–Supongo que no te gustará oírlo, pero tengo entendido que Rafe sigue planeando dividir y vender la empresa. Mañana aparecerá un artículo al respecto en la primera página del *Seaside Gazette*.

–Por desgracia, ahora mismo no se puede hacer nada. Y nuestra relación es mi prioridad.

Paige pensaba lo mismo, su carrera había pasado a un segundo plano.

Brandon le abrió la puerta y salieron al patio, iluminado solo por la luna y las estrellas.

Le dijo que la quería y que tenían que hablar de lo de casarse.

Y le pidió perdón.

–Siento haberte mentido.

–Te perdono.

–Y la otra noche, en el hotel, no fui justo.

–No importa.

–Te dije que nos teníamos que casar porque era lo mejor para el bebé…

Pero Brandon pensaba que lo que tenía que haberle dicho era que la quería.

–Te quiero.

–Yo también te quiero. No pretendía que ocurriese, pero ocurrió.

–Mi cabeza me dice que tenías razón, que es demasiado pronto para que nos casemos, que necesitamos más tiempo.

Paige se sintió decepcionada al oír aquello.

Aunque por otra parte era normal. Se conocían desde hacía tan poco tiempo… Qué había esperado que dijera.

Brandon le acarició la mejilla.

–Pero mi corazón me dice que eres la mujer con la que tengo que pasar el resto de mi vida.

Brandon tomó aire y volvió a hablar:

Así que, Paige Adams –empezó–, ¿me harías el honor de…?

–¡Sí! ¡Sí, sí, sí! –gritó ella abrazándolo.

Brandon se echó a reír.

–Supongo que eso es un sí. Así que imagino que querrás esto –le dijo, sacando un precioso anillo con un diamante del bolsillo.

–Es precioso.

–Antes de que lo aceptes, quiero que sepas que este anillo era de mi madre. Como sé que seguro que alguien te dice que te va a dar mala suerte, quiero darte la opción de ir a comprar otro mañana.

Paige sabía que Brandon no le habría ofrecido aquel anillo si no fuese muy importante para él. Además, el anillo daba igual, lo importante era que Brandon era suyo.

Para lo bueno y para lo malo, en la riqueza o en la pobreza.

Sonrió y tendió la mano, y él le puso el anillo…

En el Deseo titulado *Los mejores sueños,*
de Catherine Mann,
podrás continuar la serie
NEGOCIOS DE PASIÓN

Los asuntos del duque

HEIDI RICE

Años atrás, Issy Helligan perdió su virginidad con el guapísimo aristócrata Giovanni Hamilton, pero después él se marchó sin mirar atrás, dejándola con el corazón roto.

Diez años después, a Issy le iba bien… Bueno, tal vez cantar telegramas musicales ante un grupo de borrachos no era lo más deseable, pero lo hacía por necesidad. Y el testigo de su humillación no era otro que Gio Hamilton, ahora duque y más guapo que nunca.

Él la volvió loca de pasión y se ofreció a solucionar sus problemas económicos. ¿Era demasiado bueno para ser verdad o demasiado delicioso como para rechazarlo?

Delicioso deseo con el duque

Acepte 2 de nuestras mejores novelas de amor GRATIS

¡Y reciba un regalo sorpresa!

Oferta especial de tiempo limitado

Rellene el cupón y envíelo a
Harlequin Reader Service®
3010 Walden Ave.
P.O. Box 1867
Buffalo, N.Y. 14240-1867

¡Sí! Por favor, envíenme 2 novelas de amor de Harlequin (1 Bianca® y 1 Deseo®) gratis, más el regalo sorpresa. Luego remítanme 4 novelas nuevas todos los meses, las cuales recibiré mucho antes de que aparezcan en librerías, y factúrenme al bajo precio de $3,24 cada una, más $0,25 por envío e impuesto de ventas, si corresponde*. Este es el precio total, y es un ahorro de casi el 20% sobre el precio de portada. ¡Una oferta excelente! Entiendo que el hecho de aceptar estos libros y el regalo no me obliga en forma alguna a la compra de libros adicionales. Y también que puedo devolver cualquier envío y cancelar en cualquier momento. Aún sí decido no comprar ningún otro libro de Harlequin, los 2 libros gratis y el regalo sorpresa son míos para siempre.

416 LBN DU7N

Nombre y apellido	(Por favor, letra de molde)	
Dirección	Apartamento No.	
Ciudad	Estado	Zona postal

Esta oferta se limita a un pedido por hogar y no está disponible para los subscriptores actuales de Deseo® y Bianca®.
*Los términos y precios quedan sujetos a cambios sin aviso previo.
Impuestos de ventas aplican en N.Y.

SPN-03

©2003 Harlequin Enterprises Limited

Bianca

**Ella tenía lo único que él deseaba:
un heredero para la familia Zavros**

Las revistas del corazón solían dedicar muchas pági-
nas al magnate griego Aris
Zavros y a la larga lista de
modelos con las que com-
partía su cama.

Tina Savalas no se parecía
a las amigas habituales de
Ari, pero aquella chica normal escondía el más es-
candaloso secreto: seis
años atrás, había acabado
embarazada después de
una apasionada aventura
con Ari.

Al conocer la noticia, Ari
solo vio una solución: la
inocente Tina sería perfecta para el papel de dulce
esposa. Y, aparentemente,
contraer matrimonio en la
familia Zavros no era una
decisión... era una orden.

Una oferta incitante

Emma Darcy

Preparada para él

MAUREEN CHILD

Durante años, Rose Clancy había soñado con Lucas King, el mejor amigo de su hermano, pero para ella era territorio vedado. Así que Rose supo mantener las distancias hasta que la casualidad hizo que Lucas la contratara para impartirle clases de cocina privadas y nocturnas… y la pasión que existía entre ambos no tardó en prender.

Lucas era un hombre adinerado, poderoso y autoritario que conducía su vida tal y como dirigía su empresa y Rose sabía que el interés que mostraba por ella no  podía ser tal, pero la hacía sentirse deseada. Por eso, fueran cuales fueran los secretos que acabaran por desvelarse, Rose estaba más que preparada para Lucas King.

Siempre fue la chica buena...